新潮文庫

転迷

―隠蔽捜査4―

今野　敏著

新潮社版

9951

転迷

隠蔽《いんぺい》捜査4

1

大森署一階の署長室のドアは、今日も開け放たれている。課長らが、いつでも出入りできるようにと、竜崎伸也《りゅうざきしんや》が自ら指示してそうしているのだ。

署長室内には、いつでも幹部会議ができるようにテーブルと椅子《いす》が用意されている。そのテーブルの上に、書類がごっそりと載っている。

クリップファイルを詰め込んだ決裁箱が四箱。数にして、七百ほどの書類だ。

竜崎は、毎朝この光景を見ている。ひたすら判を押しつづけなければ、すべての書類を片づけることはできない。

だから、課長らの口頭による報告を聞きながらも、押印《おういん》を止《や》めることはできない。

朝一番でやってくるのは、斎藤治《さいとうおさむ》警務課長だ。見るからに実直そうな斎藤は、警務課にもってこいだと、竜崎はいつも思っている。

大森署の課長の中では一番若いのだが、顔つきやたたずまいが地味なせいもあって、とてもそうは見えない。

斎藤が、一日のスケジュールを伝えに来る。すでに竜崎の頭に入っているが、それを確認する役には立っている。

誰でも、完璧《かんぺき》というわけにはいかない。竜崎だって、うっかり予定を忘れることはある。

本当に優秀な人間というのは、自分を過信しない。周囲の人間の助けを借りることも必要であることをよく心得ているものだ。

その日は、午後から区長ら区の役員との打ち合わせが入っていた。区との打ち合わせは、かなり頻繁にある。

雑談で終わることも多い。

加えて、教育委員会との打ち合わせは、別立てだし、特定の区議会議員から呼び出されることもある。

これも、たいていはたいした話題ではない。警察の広報をちゃんと読んでくれていれば、わざわざ会って話す必要もないようなことばかりだ。

竜崎は、こうした無駄をなんとか少なくできないものかと、いつも思っていた。

「警務課長が代わりに出ることはできないのか?」

午後の区役員との打ち合わせのことだ。

斎藤警務課長は、目を丸くした。

「署長がご出席になるから、意味があるんです」

「どんな意味があるんだ?」

「警察のトップがやってくる。それで区長も納得するのです」

「区長を納得させるためだけに、限られた時間を割くのか?」

「それが、署長の仕事の一つです」

斎藤はきっぱりと言った。竜崎が赴任してきた当初は、何につけても驚いたりうろたえたりの連続に見えた。

だが、最近は慣れてきたのか、言いたいことを言うようになった。

「だいたい、私は警察のトップなどではない。トップと話がしたければ、警視総監か、警察庁長官と話せばいいんだ。いや、本当のトップは国家公安委員長だろう」

「区でそんな人たちを呼べると思いますか?」

「呼べないことはないと思う」

竜崎は本気で言っていた。必要があれば、国家公安委員長だろうが、総理大臣だろうが呼びつければいいのだ。

「地域の話をするのです。話が大きくなりすぎます。第一、向こうで時間を割いてくれないでしょう」

「区長は警察のトップに会えれば満足なのだと、君が言ったんじゃないか」

「大田区内の話です」

「ならば、せめて次長に頼めないか？」

「副署長は、署の広報の要《かなめ》です。報道機関対策も、すべて副署長の役割ですので、なるべく署をあけていただきたくないのです」

「おかしな話だな。次長はいなくちゃならないが、署長は署をあけていいのか？」

斎藤は、表情を引き締めた。

「それが、役割ですから……」

だから署長はお飾りだ、などといまだに言われるのだ。竜崎はそう思ったが、何も言わなかった。

斎藤課長と話をしながらも、次々と書類を片づけていく。まだ、手に印鑑ダコができていないのが不思議だ。

「わかった。次は？」

「地域課長、刑事組織犯罪対策課長、生活安全課長、警備課長、ともに口頭で報告すべき緊急かつ重要な事案はないということです」

けっこうなことだ。

「では、次長を呼んでくれ」

「はい」

斎藤課長が出て行くと、ほとんど入れ替わりで、貝沼悦郎《かいぬまえつろう》副署長がやってきた。

「おはようございます」

きちんと礼をする。貝沼は、竜崎のちょうど十歳年上だが、階級は二つ下だ。竜崎は警視長で、貝沼は警視だ。

やせ型で、顔の彫りが深い。半白の髪を丁寧にオールバックにしている。そのたたずまいは、警察官というより、一流ホテルのホテルマンを思わせる。

「課長たちは、口頭で報告するようなことはないと言っている。今のところは、平穏無事というところか？」

「そう言っていいと思います。昨夜から今朝にかけて、報道連絡文は一通も出しておりません」

報道各社に事件発生を伝えるファックスのことだ。

サツ回りの記者は、必ず次長席つまり、副署長の席のまわりに集まる。斎藤警務課長が、副署長は広報の要だと言ったのは間違いではない。

それは長い間の警察署の伝統だ。かつて、署長は、若殿研修といわれていた。若いキャリアが経験を積むために、署長として赴任してくる。

自分の父親ほどの部下に命令を下すのだ。そして、二、三年するといなくなってしまう。

そんな者に署の責任を預けることなどできない。だから、実質的に警察署を管理・指揮するのは副署長の役割だった。情報も、副署長のところに集約される。

「署長はお飾り」という言葉は、その時代のことを反映している。

若殿研修の習慣は、今では改められているが、警察署の伝統がすぐに変わるものではない。

しかも、斎藤警務課長が示唆《しさ》していたように、署長には対外的な仕事が多い。どうしても署をあけてしまうことになるのだ。だから、今でも、実質的な権限は副署長が持っているという形になりがちだ。

竜崎は、それもいずれは改めたいと思っていた。

警察署の全責任を負ってこそ、署長なのだ。責任を負うからこそ、さまざまな権限を持てるのだ。

「わかった」

「嵐《あらし》の前の静けさかもしれません」

貝沼副署長のその言葉に、竜崎は押印の手を止めて、思わず顔を上げた。

貝沼は、いつもと変わらぬ取り澄ました表情をしている。

「何か気になることでも……？」

「いえ、そうではありません。しかし……」

「しかし、何だ？」

「長年、警察官をやっておりますと、何といいますか、こういうときこそ、胸騒ぎがします」

「胸騒ぎか……」

竜崎は、押印の作業に戻った。「ならば、いつでも対応措置が取れるように準備をしておいてくれ。胸騒ぎに怯《おび》えるのは、いざ何かが起きたときに、それに対応できないのではないかと思うからだ。警察官はそんなことは言っていられない。何が起きても対応できるようにしておかなければならない」

「おっしゃるとおりだと思います。気を引き締めておきます」

こういう丁寧な受け答えが、ホテルマンを思わせるのだ。

嵐の前の静けさか……。

何を今さら、と竜崎は思った。

警察署にいると、嵐が日常なのだ。たまに、平穏な日があると逆に不安になってくるのかもしれない。

書類に判を押し、次の書類に手を伸ばしたとき、通信指令センターからの無線が流れてきた。

東大井二丁目で男性の遺体が発見されたという。

竜崎はすぐに地図を見た。ちょっと驚いた。勝島運河を挟んで、東大井二丁目の対岸には勝島一丁目がある。

第二方面本部と第六機動隊の所在地だ。

つまり、第二方面本部の眼と鼻の先で遺体が発見されたことになる。

警視庁二方面系の無線だったので、大森署でも受信することになった。だが、管轄《かんかつ》外《がい》だ。竜崎は、ちょっとほっとしていた。

いつでも対応できる心の用意はある。そして、実質的に対応措置が取れるようにと、貝沼副署長に指示して署内の引き締めをはかったばかりだ。

だが、もし、これが殺人事件だったら、おそらく捜査本部ができるだろう。そうなれば、署のかなりの予算や人員を割くことになる。

捜査本部というのは、所轄署にとって、おそろしい負担になるのだ。警察庁にいた頃はそんなことは考えたこともなかった。だが、今こうして一つの署を切り盛りする立場になると、それを痛切に感じる。

予算のことなら、どうにでもなる。だが、署員の肉体的な疲弊は補いようがない。捜査に駆り出された係員たちは、当然それまでかかえていた事案を棚上げにしなければならない。捜査本部に参加すれば、文字通り不眠不休の捜査を強いられる。捜査本部に吸い上げられた係員の穴を補強するために、人員のやり繰りが必要になってくる。

通信技術の発達、特にコンピューターネットワークの発達により、かなりの省力化をはかれると、竜崎は考えているが、それでも、今現在、重要事案に関しては、捜査本部あるいは特別捜査本部、指揮本部といった集中捜査以上の方策はないのも明らかだ。

遺体発見が、大森署管内でなくてよかったと感じたのは、何も仕事がやりたくないからではない。署員のことを気づかってのことだ。

警察官僚として、それは間違っているか自問したこともある。間違ってはいない。それがこたえだった。

将兵が疲弊していては戦えない。司令官は、その点にも留意すべきなのだ。

そんなことを考えて、書類仕事に戻ると、すぐにまた「至急」の無線が流れた。

大森北三丁目、「八幡通《やわたどお》り入口」信号付近で、ひき逃げ事件があった。集中一号配備の要請だ。

集中一号配備、いわゆる緊急配備だ。

きたな……。

竜崎は、押印を続けながら思った。今度は、間違いなく大森署管内だ。

交通課では、一号配備の際に、どこに検問を設けるかを事前に決めてある。また同様に、地域課の係員の配備場所も、決まっている。

黙っていても、自動的に態勢は整う。署長の出る幕ではない。

戸を開け放っているので、署内が慌《あわ》ただしくなったのがわかった。

貝沼副署長がやってきた。

「無線をお聞きになりましたね？」

「両方とも聞いた。遺体発見場所が大森署管内でなくてよかったと思っている」

「そうも言っていられませんよ」

「なぜだ？」

「緊急配備の際には、近隣署の事案でも、地域係員は、配備につきます」

「当然だな」

「隣の大井署で、大きな事案が発生しているので、うちで大井署の分をいくらかカバーしなくてはならないかもしれません」

「大井署か方面本部から要請が来ているのか？」

「おっつけ、来ると思いますよ」

刑事事案だからといって、地域課に影響がないわけではない。そのことは、竜崎も心得ていた。貝沼の言うことは、もっともだと思った。

「要請や指示が来てから対応していたのでは、遅いということだな？」

「緊急配備ですから……」

「地域課長を呼んでくれ。すぐに措置を取る」

「はい」

貝沼は署長室を出て行こうとした。竜崎は言った。

「いつも言っているだろう。時間の無駄だ。ここにある電話で内線にかければいいんだ」

貝沼は躊躇《ちゅうちょ》して余計な時間を浪費するようなことはなかった。

「失礼します」

すぐさま竜崎の机の上にある電話の受話器に手を伸ばした。地域課長に、署長室にすぐくるようにと言う。

久米《くめ》政男《まさお》地域課長は、すぐにやってきた。少々腹が出ているが、五十過ぎにしては、体型を保っているほうだ。柔道で鳴らした経歴がある。

「お呼びですか？」

竜崎は尋ねた。

「緊配の手配はどうだ？」

「抜かりはありません」

「大井署で、遺体発見という事案があったのは知っているな？」

「はい」

「近隣署の重要事案だ。こちらに影響が……」

そこまで言ったときに、電話が鳴った。斎藤警務課長の声がする。

「方面本部からです」

ちょっと嫌な予感がした。

「誰だ？」

「野間崎《のまざき》管理官です」

やはり彼か……。

「わかった」

外線のボタンを押した。

「竜崎だ」

第二方面本部の、野間崎政嗣《まさつぐ》の声が聞こえてきた。彼は、竜崎に対してあまりいい感情を抱いていないようだ。竜崎は気にしていなかったが、ちょっとわずらわしいことも事実だ。

「緊配にはすでに対応していますね」

いちおう丁寧な言葉遣いだが、言い方が高飛車だ。

「もちろんだ」

「大井署の事案は、聞いていますか？」

「無線は聞いた」

「初動捜査の結果、殺人事件である可能性が高い。現場の封鎖等で、大井署の人員が割かれています」

竜崎は、野間崎の話を聞きながら、貝沼に向かって受話器を指さして見せた。

それだけで貝沼にはわかったようだ。貝沼は、うなずき、小声で久米地域課長と何事か話し合っていた。

野間崎の声が続いていた。

「大森署と大井署の管区の境界付近の、大森署側のポイントをいくつか、そちらでカバーしていただきたいのです」

命令口調でないくせに、有無を言わせぬ雰囲気だ。

「わかった。手を打つ」

「よろしく」

電話が切れた。

竜崎が受話器を置くときには、すでに久米地域課長は部屋を出ていた。

竜崎が言った。

「野間崎管理官だ。管区の境界付近のいくつかのポイントをカバーしろと言ってきた」

「久米課長には、大井署の地域課長と直接連絡を取り合うように言っておきました」

「けっこうだ」

「明け番や、公休の係員を呼び出すことになるかもしれません」

「仕方がないな。交通課はどうだ？」

「現場に係が急行しています。交通鑑識も向かいました。ひき逃げとなれば、本庁の交通捜査課からもやってくると思います」

「場合によっては、刑事事案になることも考えられる。刑事課長にも、その旨《むね》を確認しておいてくれ」

正式には、刑事組織犯罪対策課長というのだが、長ったらしいので、昔ながらに、刑事課、刑事課長という言い方をしている。

「はい」

「大井署管内の遺体だが、殺人事件の可能性が大だそうだ」

「やはり、殺人ですか……」

貝沼副署長は、表情を曇らせた。長年警察にいるのだから、殺人事件が珍しいわけでもないだろう。彼は、おそらく、事件が大森署に飛び火しないかどうかを懸念《けねん》しているのだ。

近隣署の管轄内で起きた事案は、しばしば何らかの影響を及ぼしてくることがある。

事件に関わりのある人物が、こちらの管内に住んでいるという可能性もある。

被疑者が、こちらの管内に潜伏していないとも限らない。

「そのことも、刑事課長に伝えてくれ」

「わかりました」

「やはり、君が言ったとおり、嵐の前の静けさだったようだな」

「そのようですね」

「だが、嵐など日常だ」

「署長なら、そうおっしゃると思っていました」

貝沼は一礼して署長室を出て行った。

また、斎藤警務課長がやってきた。

「午後の、区長たちとの懇談は、どうなさいます？」

「懇談？　打ち合わせじゃなかったのか？」

「区側では、懇談という言い方をしています」

「どうしますというのは、どういうことだ？」

「緊配の最中ですから、お断わりになるのではないかと……」

「緊配など、午後までには解ける」

「ひき逃げは、大きな事案ですし……」

「交通課長と刑事課長に申し伝えてある。彼らがちゃんとやってくれる。私は、君が言った私の役割を果たすことにするよ」

「はあ……。では、予定通りに……」

斎藤課長は、席に戻っていった。

署内は、さらに慌ただしくなった。だが、決して浮き足立ってはいない。そう感じた。

指揮官たちがしっかりしていれば、現場も混乱しない。貝沼もよくやってくれているし、課長たちも信頼できる。

今、竜崎にできることは一つ。書類に判を押しつづけることだけだ。

2

昼食を済ませて、そろそろ出かける準備をしようと思っているところに、斎藤警務課長から内線電話がかかってきた。

声が緊張している。

「刑事部長からです」

竜崎は、思わず顔をしかめた。警視庁の伊丹俊太郎《いたみしゅんたろう》刑事部長は、竜崎と同期だ。それだけではない。小学校時代に同じクラスにいたことがある。

「伊丹か？　何の用だ？」

「相変わらず、愛想がないな」

「俺は忙しいんだ。これから出かけるところだ」

「忙しいのは俺も同じだ」

「じゃあ、さっさと用件を言ってくれ」

「大井署管内で、遺体が発見されたのは知っているな？」

「隣の署だからな。おかげで、こちらにも影響が出ている」

「刃物で殺害されたことが明らかになった。殺人だ。すぐにでも捜査本部を作りたいんだが……」

「そうすればいい」

「おまえは、捜査本部などなくても現在の通信技術やパソコンのネットワークを駆使すれば、重要事案の捜査も可能だと言ったことがあるな」

「そう考えているが、それがどうした？」

「本当に、捜査本部を作らなくても、捜査本部と同等の捜査ができると思うか？」

「パトカーには、無線とPDA端末が装備されている。それをフル活用すれば、不可能ではない」

「殺人の捜査でもか？」

「不可能じゃないが、通信指令センターの全面的なバックアップが必要になるだろうな」

「通信指令官を押さえなければだめか……」

「だが、それがかなりの部分、理想論であることは、俺も自覚している。現状を考えると、よほどのことがない限り、捜査本部を作ったほうがいいだろう。重要事案の捜査においては、人海戦術も必要だ」

伊丹が電話の向こうでうなった。

竜崎は時計を見た。

「何を戸惑っている？　捜査本部を作れない理由でもあるのか？」

「殺害された被害者の身元が割れた。外務省の職員だ。中南米局南米課に勤めていた」

「外務省の職員……？」

「捜査本部を作ったはいいが、公安が乗り出してくる恐れがある。公安部と刑事部の綱引きになりかねない」

「おまえはどうしたいんだ？」

「公安主導の事案にはしたくない。オウム真理教事件や国松長官狙《そ》撃《げき》事件の二の舞になりかねない」

「じゃあ、公安を突っぱねればいい」

「簡単に言うなよ」

「俺には関係ないからな」

「外務省の職員が殺されたとなれば、マスコミへの対応も考えなければならない」

「当然だろうな」

竜崎は、大森署に来る前は、警察庁長官官房総務課の課長だった。広報やマスコミ対策も、竜崎の仕事だったのだ。

伊丹に言われなくてもそれくらいのことはわかっている。

「マスコミに流す情報は、最小限にして、公安がでしゃばってきても、刑事主導で捜査を進めたい。だが、大がかりな捜査本部を設置すると、マスコミの眼につくし、公安もそれなりに対応してくるだろう」

「ならば、大がかりな捜査本部を作らなければいい」

「だが、現状では、捜査本部を作ったほうがいいと、おまえは今言ったじゃないか」

「大がかりな捜査本部じゃなくて、小規模な捜査本部にすればいい。通常だと、捜査員五十人規模とか百人規模の捜査本部にするだろう」

「外務省の役人が殺されたとなれば、そうするべきだろうな」

「捜査員二十人程度の捜査本部にするんだ。そうすれば、必然的に、捜査本部に参加する公安捜査員の人数も少なくなる。マスコミの眼にもつかない。人員が必要な場合は、そのつど、関係する方面本部や所轄《しょかつ》に要請して確保すればいい」

「捜査員の間の情報の共有はどうする？」

「今時、会議は一堂に会する必要はないんだ。パソコンがあれば、ネット上で会議ができる。捜査員は必ずパソコンを持っているはずだ」

伊丹はしばらく黙っていた。竜崎の言ったことについて考えているのだろう。

「わかった。その方向で考えてみる」

竜崎は電話を切った。

まったく、刑事部長ともあろう者が、何を迷っているのだろう。

竜崎はそう思いながら立ち上がった。区長との懇談には、制服で臨むべきだろうか。


それとも、背広でいいのだろうか。

考えた末に、制服を着ていくことにした。区長がそれを望んでいるような気がした。

公用車で、区役所に行く。区長の部屋は、竜崎の署長室よりはるかに立派だった。


区長、副区長、そして、区長室長の三人が竜崎を出迎えた。

区長はにこやかに言った。

「お忙しい中、おいでいただき、恐縮です」

竜崎は、にこりともせずに言った。

「忙しいのはお互い様だと思います。何か、おっしゃりたいことがあれば、うかがいましょう」

区長の笑顔が一瞬、こわばった。だが、笑みを絶やさなかった。

「区内の防犯について、意見の交換をしたいと思いまして……」

「そういうことは、警察の広報をお読みいただければ済む話だと思いますが……」

区長室長が、表情を曇らせた。

竜崎の態度が、区長に対して失礼だと思っているのかもしれない。

区長室長にしてみれば、区長がナンバーワンだ。当然、区長に気をつかう。だから、竜崎の態度が気になるのだ。

区長室長は、竜崎にも自分と同様に区長に丁寧に接してほしいのだろう。だが、こちらには、そんな義理はない。

必要な話をして、さっさと引きあげるだけだ。余計な話はしない。そのほうが、時間の節約になり、区長にとっても好都合だろう。

区長が言った。

「大田区は、二十三区の中でも最大の面積であり、羽田空港など重要な施設を持っています。その警備・保安態勢について、署長の考えをうかがいたいのです」

「時に因《よ》って、全力を尽くします」

区長は、きょとんとした顔になった。

「あの……。それだけですか？　具体的な方針とかは、お示しいただけないのですか？」

「そうとしか申せません。警察は、何か事が起きれば、可能な限りの態勢でそれを解決するために努力します」

「それは理解しているつもりですが……」

「区長は、こう質問されました。警備・保安態勢について、私の考えを聞きたいと……。質問が、具体的ではないので、具体的な回答をすることができません」

区長、副区長、区長室長の三人は、互いに顔を見合った。

気を取り直したように、区長が言った。

「では、具体的にうかがいます。我が区でも、ご多分に洩《も》れず、高齢化が進んでいます。それが産業や経済に及ぼす影響は少なくありません。警察では、高齢者増加への対策を何かお考えですか？」

「産業や経済の停滞は、治安の悪化を招く要因になり得ます。極端な例で言うと、スラム化です。しかし、それは構造的な問題であって、警察が解決できることではありません」

「解決できない……？」

区長は驚いた顔で言った。「はっきりとおっしゃるのですね」

「治安の悪化に対して、警察ができることは、いわば対症療法です。症状を緩和させることはできても、病巣《びょうそう》を取り除くことはできない。社会的な病理を根本から治療するのは、政治家や政府、地方公共団体の役割です。私たち警察は、その一部分を担《にな》っているに過ぎません」

区長は、副区長と顔を見合わせて苦笑した。

「どうやら、私は発破を掛けられているようだね」

副区長が、発言した。

「署長は今、対症療法とおっしゃったが、それについて具体的にうかがいたい」

「地域課についていえば、巡回連絡を徹底します。我が署も人員は限られていますので、民間のセキュリティー会社などを、積極的に利用することも考えています」

「ほう……」

副区長は意外そうに言った。「警察は、民間の警備保障会社を邪魔者扱いしていると思っていましたが……。犯罪現場に一般人が駆けつけて、二次的な被害が生じる恐れがあるからと……」

「かつてはそういう傾向もありました。セキュリティー会社といっても、さまざまです。中には、暴力団の息のかかったようなものもあります。玉石混淆《ぎょくせきこんこう》なのです。しかし、多くのセキュリティー会社には、警察ＯＢが役員として勤めていることもあり、うまく連携すれば、防犯の役に立ってくれると思っています」

区長がうなずいた。

「なるほど……」

「さらに、高齢者対策という点では、交通課の役割も重要になってくると思います。高齢者ドライバーについては、今後充分な注意を払う必要があります。また、高齢の通行人の安全をはかるためにも、交通課全体の意識を高める必要があると考えています」

「けっこうです」

「犯罪被害に関しては、日常の防犯に加えて、オレオレ詐欺《さぎ》や還付金詐欺等の、詐欺事件に対する警戒・対策も必要になってきます。それについては、大森署だけでなく、警視庁全体で対策に力を入れています」

竜崎が説明を進めるにつれて、区長が満足げな表情になっていった。

要するに、内容はどうでもいいのだ。

竜崎は思った。

今、竜崎がしゃべっているのは、ごく一般的な話だ。広報室の人間でもしゃべれる内容だ。

斎藤警務課長が言ったとおり、署長が直接説明することが重要なようだ。つまり、表敬訪問のようなものだ。

「お話を聞いて、頼もしく思います」

区長が言った。これが本音だとしたら、問題だ。区の責任者ならば、具体的な事例について、踏み込んだ質問があって然《しか》るべきだ。

竜崎は言った。

「高齢化等、区のかかえる問題や、今後の開発の方針について、一言申し上げたいことがあります」

「うかがいましょう」

「これまで、開発や再開発は、マンション等の集合住宅を増やす方向で進められてきました。その結果、地域社会の人間関係が遮断されていく状況が生まれました。地域社会が事実上消滅していくことで、防犯対策が難しくなってきているのです。地域課係員は、巡回連絡で、住居を一軒一軒訪ねます。地方では、一軒家に何世代かが同居している例があり、様子も把握しやすい。ですが、都市部のマンションでは、住民のことをなかなか把握できないのです。オートロックのマンションも増え、係員が直接住人に会えないことが多くなってきました。都市型犯罪というのは、地域社会を破壊して、集合住宅を増やすことで増加するのです。警察は、都市型の犯罪の増加に忙殺されているのが現状です。今後、区の開発に当たっては、そのことを、充分に留意していただきたいと思います」

区長が、この会談が始まってから一番真剣な表情になった。

「地域社会の問題については、私も同感です。ただ、世の中の趨勢《すうせい》というのは、なかなか変えられるものではありません。一戸建て住宅を所有している人たちは、相続税対策や老後の対策で、マンションに建て替える傾向があります。国税や老後の年金等の問題に関しては、区では口の出しようがないのです」

「本気で地域社会を残したいとお考えならば、何か方策があるはずです」

区長は、うなずいた。

「今後の課題として、承っておきます。今日は、実り多い議論ができたと思います。お運びいただき、ありがとうございました」

「実り多い議論とは思えません」

竜崎が言うと、三人はまた目を丸くした。

区長室長が、おろおろとした様子で言った。

「それはどういうことでしょう」

「今、私と区長が話し合ったことは、ごく一般的な事柄の確認に過ぎません。地域社会が重要なことは、誰でも認識しています。にもかかわらず、東京では、地域社会がどんどん崩壊しています。それはなぜなのか、どうすればいいのか、そういう事柄については、一切話し合っていないのです」

区長は、真剣な表情で考え込んだ。

「私は警察署長として要請します。防犯対策をしっかりしろとおっしゃるなら、せめて、地域係員の巡回連絡に、住民が協力してくれるように取りはからっていただきたい」

「そちらの要請は理解しました」

区長が言った。「実は、私もそういう各論詳論についてうかがいたかったのです」

竜崎はうなずいた。

「では、今後は、個別の事例について、私たちが話し合うべきときに、呼んでください」

「私もそれを望んでいます」

区長がそう言ったので、区長室長も文句は言えないようだった。

竜崎は立ち上がり、礼をして区長室をあとにした。

署に戻ると、判押しを再開した。今日の分の書類はまだ半分も片づいていない。

斎藤警務課長がやってきて言った。

「ずいぶんお早いお帰りですね」

「だらだらしゃべっていても仕方がない。向こうのほうから会談を切り上げてくれたよ」

「本当ですか？　そりゃ珍しい」

「それより、緊配はどうなった？」

「解除になりました。空振りです。ひき逃げ車両は、まだ逃走中です」

「ひき逃げした車両が、緊配の網をくぐり抜けたというのか？」

ちょっと意外だった。

「現在、交通課等で、行方を追っています」

「ナンバーはわかっているのか？」

「そういう詳しいことは、私では……」

「交通課長がここに来られるようなら呼んでくれ」

「承知しました」

やはり、署長室の電話を使おうとはしない。まあ、仕方がない。自分の席の電話のほうが使いやすいのは明らかだ。

斎藤警務課長が出て行き、三分ほどしてから、篠崎豊《しのざきゆたか》交通課長がやってきた。小太りで日に焼けている。竜崎と同じ年齢の警部だ。

「ひき逃げ犯がまだ逃走中だそうだな？」

「面目ないことです」

「緊配をすり抜けたというのは、どういうことだ？」

「わかりません。とにかく、いずれの検問にも引っかからず、地域課からも連絡はありませんでした」

「ナンバーはどうなんだ？」

「目撃情報がありません」

「ひき逃げがあったのは、大通りだろう。しかも真っ昼間だ。どうしてナンバーを覚えている者がいないんだ？」

「現場は交差点のそばでして、当該車両は、人をはねた後、すぐに交差点を曲がってしまった模様です。そのため、ひき逃げに気づいた人も、ナンバーを確認する暇がなかったのです」

「ナンバーがわからないのでは、Nシステムも使えないな……」

交通課長は、顔色を変えた。

「本庁にNシステムを要請などしたら、ちょっとした大騒ぎになりますよ。Nシステムは、いまだに世間では適法かどうかの議論が盛んで、本庁でも、重要事案の最後の切り札と考えているようですから……」

「世間でどんな議論がされているかなど、気にする必要はない。使えるものなら何でも使えばいいんだ」

「はあ……」

「目撃者の中には、必ずナンバーを記憶している者がいるはずだ。それを見つけ出してくれ」

「はい」

おそらく、篠崎課長は、言われるまでもないと思っているだろう。だが、こういうことは、上司がはっきりと指示をしておかなければならない。

「現在の態勢は？」

「本庁の交通捜査課と協力して捜査を進めています」

「指揮権はどちらにある？」

「それは、本庁が出張ってきたのですから……」

「交通捜査課が仕切っているというのか？」

「そういうことになります」

まあ、それならそれでいい。ひき逃げは交通事案とはいえ、強行犯とほぼ同じ扱いになる。

捜査本部ができれば、捜査一課が主導権を握る。それと同じことだ。交通捜査課が主導権を握ったということは、被害者は重傷または死亡したということだろう。

「被害者は？」

竜崎は尋ねた。

「残念ながら、死亡しました。六十二歳の無職の男性です」

年金生活者か……。

区長との話し合いを思い出していた。老人の歩行者には充分注意するよう呼びかけていると言ったばかりだ。

だが、起きてしまったものは仕方がない。体面を考えている場合ではない。竜崎は、一刻も早くひき逃げ犯を逮捕することだけを考えることにした。

「わかった。捜査の進捗《しんちょく》に関して、逐一報告してくれ」

「はい」

篠崎課長が署長室を出て行くと、すぐに携帯電話が振動した。

妻の冴子《さえこ》からだ。妻は、よほどのことがないと、仕事中に電話をかけてきたりはしない。警察官の仕事がどういうものか、よく知っているからだ。

「どうした？」

「お仕事中、すいません」

「何かあったのか？」

「ニュース、見てません？」

「何のニュースだ」

「カザフスタンで、飛行機が墜落したというニュースです」

「カザフスタン……？」

妻の言っていることが、一瞬理解できなかった。何のために電話してきたのだろう。

「忠典《ただのり》さんが、カザフスタンに赴任しているのは知ってるわね」

ようやく事態が呑《の》み込めてきた。三村《みむら》忠典は、かつての竜崎の上司の息子で、娘の美紀《みき》と付き合っているらしい。

商社に勤めており、カザフスタンに転勤になったと聞いた。

「その飛行機事故と何か関係あるのか？」

「美紀が言ってるんだけど、忠典さんが、その飛行機に乗っていたかもしれないんだって……」

竜崎は、一瞬、言葉を失っていた。

3

「詳しく説明してくれ」

竜崎は、メモ用紙を開いていた書類の上に載せて、電話の向こうの冴子に言った。

「美紀は、カザフスタンに赴任している忠典さんとメールで連絡を取り合っていたようなの。用事があって、アスタナ発、モスクワ行きの便に乗る予定だというメールが来たそうなの。そして、ネットでその便が墜落したというニュースが流れたというのよ」

竜崎は、アスタナ発、モスクワ行きとメモを取っていった。

「それから……?」

「今のところ、それだけなんだけど……」

「墜落した便に、忠典君が乗っていたというのは確かなのか?」

「まだ、そういう情報はないらしいわ」

竜崎は、一つ深呼吸した。

「まずは、落ち着け。墜落した便に忠典君が乗っていたと確認されたわけじゃないいんだ。安否を気づかうのはわかるが、確実な情報がない段階で右往左往しても仕方がない」

「あなたのほうで、何かわかる伝手《つて》はない？」

「外務省の発表を待つしかないだろうな」

「問い合わせはできないかしら？」

「外務省も対応に追われているんだ。何かわかったら発表するはずだ」

「それはわかっているんだけど……」

「美紀にも、言っておけ。本当に忠典君がその便に乗っていたかどうかは、まだわからないんだ。落ち着いて情報を待て、と……」

「あなたから、言ってくれない？」

「どうして俺が……？」

「こういうときは、父親のほうが頼りになると思うの」

「誰が言っても、事実には変わりはない」

「そういうことじゃないでしょう」

ここで妻と議論するつもりはなかった。

「わかった。電話しておく」

「仕事中、すみませんでした」

「ああ、じゃあ……」

電話を切った。

美紀に電話する前に、事実関係を調べておく必要があると思った。竜崎は、テレビをつけてＮＨＫにチャンネルを合わせた。それからインターネットのポータルサイトを開き、ニュースのページに飛んだ。

たしかに、アスタナを飛び立ったモスクワ行きの便が、離陸直後に墜落した模様というニュースが配信されていた。

アスタナはカザフスタンの首都だ。航空会社は、トランスアエロ。ロシアの航空会社だ。

乗客数、乗客並びに乗務員の安否、日本人客がいたかどうか、などの情報はまだない。

竜崎はテレビに眼を転じた。ＮＨＫでは通常の番組をやっている。ニュース速報も流れない。

遠い国で外国の航空会社の飛行機が墜落したというニュースは、ＮＨＫにとっても特番を組むほどの価値はないのだろう。

竜崎は、美紀に携帯電話でかけてみることにした。

呼び出し音五回で、美紀が出た。

「お父さん……」

「母さんから聞いた。わかっていることを、詳しく話せ」

「三日前のメールだったと思う。今日の便で、アスタナからモスクワにトランスアエロ機で移動するって書いてあったの」

「それだけか？」

なんと漠然とした情報だろう。それだけのことで、美紀は騒いでいたのか。「心配する気持ちはわかるが、墜落した便に忠典君が乗っているとは限らないじゃないか」

美紀の苛立《いらだ》たしげな声が聞こえてきた。

「アスタナからモスクワには、アエロは日に一便しか出ていないの」

そういうことか。

「今日の便に乗るというのは、確かなことだったのか？」

「その予定だと言っていた」

「今、ネットを見たが、まだ詳しいことは何も発表されていない。墜落したらしいという情報だけだ」

「もう、出発時間からずいぶん経《た》っている。まったく情報が入って来ないんで、どうしたらいいかわからなくなって……」

「出発時間は何時なんだ？」

「現地時間で、午前六時二十五分。アスタナと東京は、時差が三時間だから、日本時間では、九時二十五分ということね」

竜崎は時計を見た。

もうじき午後三時になろうとしている。五時間半ほども経つのに、詳しい情報が入って来ないのだろうか。

おそらく、外務省には何らかの知らせがあったはずだ。確実な情報しか外には出せない。その確認作業に時間がかかるのだ。

竜崎にも経験がある。へたな情報をマスコミに流すわけにはいかない。慎重になるのはわかる。だが、そこにお役所仕事の弊害もあるはずだ。

役人は、民間の情報を信用しない。カザフスタンには、忠典が勤めている商社の支店もあるはずだ。

原子炉開発に関する日本との合弁会社もあると聞いたことがある。そういうところからも、情報が入ってくるはずだ。だが、外務省は、それを正式な情報と見なさないのだ。

公式な発表があったときに、そういう非公式な情報と照らし合わせる。民間からの情報は、あくまでそうした参考資料としか扱われない。

万が一、発表した内容に間違いがあったときに、責任を取りたくないのだ。それが役人というものだ。

海外からの公式な発表なら、それを出した国に責任を負わせることができる。

竜崎は、美紀に尋ねた。

「忠典君の会社には問い合わせてみたのか？」

「現地の支社でも、状況を把握できていないみたい」

旧ソ連の国々は、いまだに日本人にとっては心理的な距離がある。それも、情報がうまく集まらない理由の一つなのかもしれない。

「とにかく、確実なことがわかるまで、へたに騒いじゃいけない。いいな？」

「わかった」

わかっていない口調だった。

何もわからない同士で電話をしていても意味がない。竜崎は、電話を切ることにした。

「何かあったら、いつでも電話しなさい」

「そうする」

竜崎は電話を切った。

まだ、判を押さなければならない書類はたくさん残っていたが、手を付ける気になれなかった。

外務省か……。

警察庁時代に、何人かの外務官僚と知り合いになった。その連中から何か情報を引き出せるだろうか。

本来ならば、そういうことをやるべきではない。相手に迷惑をかけることになるし、部署が違えば、事故のことなど何も知らないはずだ。

おまけに、東大井二丁目の件がある。

発見された遺体は、外務省の職員だった。もう外務省内には、その話は広まっているだろうか。だとしたら、ちょっとした騒ぎになっていてもおかしくはない。

だが、美紀の気持ちを思えば、伝手を探さずにはいられなかった。

竜崎は、名刺ホルダーを取り出して、外務省の知り合いを探した。

俺はいったい、何をやってるんだ。名刺をファイルしたページをめくりながら、竜崎は自問していた。

こんなことより、警察の仕事を優先させるべきだ。そう思うのだが、どうしても書類仕事に戻れなかった。

外務省の名刺を見つけた。かなり古いものだ。アジア大洋州局に所属していた。今は、どこかに異動しているかもしれない。

とにかく、電話してみることにした。

代表電話にかけると、録音されたアナウンスが聞こえてくる。内線番号をプッシュすると、電話がつながった。

「はい、アジア大洋州局」

「警視庁大森署の竜崎といいます。内山昭之《うちやまあきゆき》さんとお話がしたいのですが……」

「こちらに、内山という者はおりません」

「ずいぶん前の名刺を見て電話しているのです。どちらかに異動されたのかもしれません。調べていただけませんか？」

「連絡先を教えてください。調べて折り返し電話します」

いかにもやる気のなさそうな口調だ。ここで電話を切ったら、いつ向こうからかかってくるかわからない。

それが役人のやり方だ。

「このまま待たせてもらいます」

ちょっと間があった。迷惑そうな顔をしているのが目に見えるようだ。

電話が保留になり、ずいぶんと待たされた。このまつながらないのではないかと思いはじめた頃、別の声が聞こえてきた。

「はい。第三国際情報官室」

「内山さんはいらっしゃいますか？」

「内山ですが……」

「警視庁大森署の竜崎といいます」

「警視庁……？」

「今は、大森署の署長をやっておりますが、かつては警察庁で、長官官房の総務課長をやっておりました」

「長官官房の総務課長……」

内山の声に少しだけ親しみが込められた。国家公務員同士の共感だ。

「はい。二年ほど前になりますか……。外国人犯罪についての情報交換をやった折りにお会いしました」

「ああ、思い出しました」

思い出話をするために電話したわけではない。竜崎は、単刀直入に言った。

「私の娘の親しい友人が、カザフスタンで働いておりまして、今朝墜落したモスクワ行きのトランスアエロ機に乗っていたかもしれないのです」

「今朝墜落したモスクワ行き……」

「アスタナの空港を飛び立った直後に、墜落したということですが……」

「管轄《かんかつ》が違うので、詳細はわかりかねますが……」

内山は困惑した口調で言った。外務省は巨大な組織だ。そして、誰もが多忙だ。自分が担当していない事柄には、関心がないのだろう。

「なんとか調べてもらえませんか？　他に伝手がないんです」

竜崎は、だめでもともとという気持ちで要請してみた。

内山が言った。

「わかりました。折り返し電話してもいいですか？」

竜崎は迷った。やはり、切らずに待ったほうがいいのではないか。だが、飛行機事故の情報を誰かから聞き出すには、それなりの時間がかかるかもしれない。

「お願いします」

竜崎は、署の電話番号と携帯電話の番号を教えて電話を切った。

内山は、警視庁と聞いても特に気にした様子はなかった。東大井二丁目で発見された遺体が、外務省の職員だったということは、まだ省内に知れ渡ってはいないようだ。まだ、記者発表はやっていないが、確認のために、所属の部署には連絡が行ったはずだ。

やはり、外務省ほどの大きな組織になると、他部署で何が起きているのかわからないというのが実情なのだろう。

今、飛行機事故に関して、これ以上できることはない。竜崎はそう判断して、判押しを再開した。

なかなか、内山からの電話がない。現時点でわかっている事実を知らせてくるだけなのだ。決して簡単なことだとは言わないが、そんなに手間がかかるわけでもないだろう。

竜崎の読みとしては、十分か二十分あれば充分だと思っていた。三十分経ったが、返事がない。

もう一度こちらからかけてみようかと思っていると、戸口に、笹岡初彦《ささおかはつひこ》生活安全課長が姿を見せた。

「ちょっといいですか？」

「何だ？」

「トラブルがありまして……」

笹岡課長は、年齢は五十歳だということだが、痩《や》せていて実年齢よりも老《ふ》けて見える。白髪のせいだろう。若い頃から白髪が多かったということだ。

「トラブル……？」

「麻薬・覚醒剤《かくせいざい》の売買について捜査していたのですが、厚労省の麻取《まと》りとぶつかったのです」

珍しい話ではない。

麻薬・覚醒剤については、もちろん警察の生安《せいあん》部や生安課が捜査をしているが、厚労省地方厚生局麻薬取締部、通称麻取りも独自の捜査をしている。

厚労省の麻薬取締官も、司法警察員の権限を持っているから始末が悪い。

麻取りの泳がせ捜査というのは昔から有名で、大物を挙げるため、あるいは、密輸・売買のルートを解明するために、違反者を自由に動かして、それを尾行・監視する。

警察はどちらかというと、検挙を優先するため、麻取りとぶつかることが少なくない。

麻取りの秘密主義が徹底しているからだ。また、彼らは厚労省の役人だという自負があるから、地方警察である警視庁を一段低く見ているところがある。

「具体的に説明してくれ」

「もともとは、刑事課が暴力団同士の対立を警戒していたときに発覚したことなんですが、対立の原因が、覚醒剤の売買にあったようなのです」

「それで？」

「刑事課から情報を得て、生安課で内偵を進め、売人を検挙したところで、麻取りから猛烈な抗議が来たというわけです」

面倒なことになった。

外務省の職員が殺害された。今度は厚労省か……。

「刑事課長にも話を聞いてみたい」

竜崎は内線で、関本良治《せきもとりょうじ》刑事課長を呼んだ。

刑事課長が来るのを待つ間、竜崎はまた書類仕事に戻った。その間、笹岡生安課長は、手持ち無沙汰《ぶさた》の様子で突っ立っていた。

五分ほどして、関本刑事課長がやってきた。彼は、笹岡生安課長に、うなずきかけてから、竜崎に言った。

「何でしょう？」

「暴力団がらみで覚醒剤の売買があったということだが……」

関本は、渋い顔でうなずいた。

「ああ……。麻取りから抗議があった件ですね。もともと、売人同士の揉《も》め事《ごと》があったんですが、そのケツ持ちが出てきて、組同士の対立になりかけているんです。覚醒剤絡《がら》みだったので、笹岡課長に声をかけたんですが……」

ケツ持ちというのは、背後にいて睨《にら》みをきかせているという意味だ。

「こちらの捜査に落ち度はなかったんだな？」

関本が言った。

「落ち度なんてありませんよ」

笹岡もうなずいた。

「麻取りの動きは、こちらにまったく知らされていなかったんです。覚醒剤の売買の事実があれば、当然、我々は検挙に動きますよ」

竜崎は、二人の言い分を冷静に判断しようとしていた。どうしたって、課長たちの味方をしたくなる。

だが、麻取りの言うことも聞かなければならないと思った。

「それで、麻取りの猛烈な抗議というのは、まだ続いているのか？」

「今日の午後に、電話がありまして、麻薬取締部まで来いと言われています」

さすがに厚労省だ。乗り込んでくるのではなく、呼びつけるのだ。

「放っておけばいい」

竜崎が言うと、笹岡は、ひどく驚いた顔になった。

「しかし、それじゃあ……」

「こちらの捜査に落ち度はない。向こうは、捜査の邪魔をしたと言いたいのだろうが、生安課長が言ったとおり、管内で麻薬・覚醒剤の売買の実態があれば、当然我々は検挙に向けて動く。それは、麻取りでも容易に予想がついたはずだ。事前に、何の連絡もよこさない向こうが悪い」

「いや、それはそうですが……」

「やるべきことをやったのだ。堂々としていればいい。文句があれば、麻取りのほうから出向いてくればいいんだ」

「それでいいんですか？」

「いい。話は以上だ」

笹岡課長は、何か言いたそうにしていたが、結局何も言わず、一度関本刑事課長の顔を見てから、一礼して署長室を出て行った。

竜崎は、判押しを再開する。だが、刑事課長が、退出しようとしない。

「何か話があるのか?」

「このところ、連続している不審火について、ご存じですか?」

竜崎は、眉《まゆ》をひそめた。そのような報告書を読んだような気もする。

「放火か?」

「我々はそう睨んでいます」

「そういうことは、口頭で説明しろと言ってあるだろう」

「今しています」

関本もなかなか言う。

「連続した不審火と言ったな?」

「はい。今のところ、いずれも大事にならず、小火《ぼや》で済んでいますが……」

「何件続いている?」

「四件です。いずれも、ゴミの集積所なんですが、民家に近い場所なので、いつ大火事になるかわかりません」

「捜査は進んでいるのか？」

「強行犯係が捜査に当たっていますが、本庁の交通捜査課からお呼びがかかりまして……」

「交通捜査課……。ひき逃げ事件か？」

「はい。ちょっと悪質なひき逃げなので、強行犯係も捜査に加わるようにと……」

「それで、どうしたいんだ？」

「放火犯を一刻も早く挙げなければなりません。季節柄、火のまわりが早いですし、いつまでも小火で済むとは限りません」

「ひき逃げ事件の捜査責任者は誰だ？」

「本庁の交通捜査課長です」

竜崎はうなずいた。

「わかった。話をしておこう」

「よろしくお願いします」

関本は、署長室を出て行った。

時計を見た。三時四十五分。外務省の内山からはまだ電話が来ない。

次々と問題が飛び込んでくる。何を優先するかは明らかだ。斎藤警務課長を呼んだ。

彼はすぐにやってきた。

「本庁の交通捜査課長がどこにいるか調べてくれ。話がしたい」

「わかりました」

斎藤が出て行くと、すぐに電話が鳴った。

内山からだった。

4

「例の墜落したトランスアエロ機ですが、今のところ、日本人が乗っていたという情報はありません」

「それは確かですか?」

「何とも言えないんです。航空会社は乗客名簿を発表していますが、それが完全に正確とは限らない」

「しかし、国際便なら、搭乗するときにパスポートを確認するでしょう」

「名簿に洩《も》れがある場合もあるんです。担当者は確認作業を進めているところです。娘さんの親しいご友人とは、まだ連絡が取れていないのですか?」

「知らせがないということは、連絡が取れていないということだと思います」

「そちらでも確認してみてください」

「ええ、もちろんです」

　これ以上のことは聞き出せそうにない。そう判断した竜崎は、礼を言って電話を切ろうとした。

すると、内山が言った。

「ちょっと、こちらからうかがいたいことがあるんですが……」

「何でしょう？」

「東大井で遺体が発見されましたね？」

来たか。

竜崎は思った。いずれ、内山の耳にも入るとは思っていた。

「はい」

「その遺体は、うちの職員だということですね」

「そのように聞いています」

「他殺ですか？」

「捜査情報は洩らせないんです」

「こちらも、飛行機事故の情報を集めるには多少無理をしたんですよ」

無理をして、「日本人が乗っていたという情報はありません」という程度か。

そう思ったが、言わずにおくことにした。

「いずれ明らかになることだから言いますが、他殺だと聞いています」

「詳しい状況はわかりますか？」

「刃物で殺害されたということしかわかりません。なにせ、うちの署の管轄《かんかつ》で起きた事案ではないので……」

「詳しく調べてもらえますか？」

「何が知りたいのです？」

「何もかもです」

「亡《な》くなった方をご存じなのですか？」

「直接は知りません。しかし……」

内山は言い淀《よど》んだ。お互いに、相手の思惑を探りながら話をしているようなもどかしさを感じる。自分たちの秘密は守り、相手から情報を引きだそうと考えているせいだ。

「しかし、何です？」

「いや、何でもありません。とにかく、同じ省の人間が殺されたというのは衝撃です。どんなことでも知りたいのです」

「そうでしょうね」

竜崎は、話をこのまま終わらせたくなかった。「その方は、どういった部署におつとめだったのでしょう？」

伊丹から聞いていたが、確認のために訊《き》いておこうと思った。

内山は、沈黙した。言ってもいいかどうか考えているのかもしれない。ややあって、彼は言った。

「もう調べはついているんじゃないですか？」

「私の署の担当ではないので、ほとんど何も知りません」

「中南米局南米課で働いていました」

「南米課……」

竜崎の頭の中で、かすかな警鐘が鳴ったような気がした。理由はわからない。だが、何かがひっかかった。

「そうです」

「なるほど……」

竜崎は、話題を変えるような口調で言った。「外務省の部署というのは、なかなか難しい名前が多いですね」

「私に言わせれば、警察ほどではありませんよ」

「まあ、お互いにお役所ですから……。それで、あなたはいつ異動されたのですか？」

「一年ほど前ですね」

「今おつとめの第三国際情報官室というのは、どういう部署なんですか？」

「東アジアと東南アジア、そして、オセアニアに関する情報の収集・分析・調査をします」

それだけでは何のことかわからなかった。尋ねても、詳しく教えてくれそうにない。内山の慎重な口調から、竜崎はそう判断した。

まあ、誰かに尋ねれば済むことだ。

「わざわざ電話をくださって、ありがとうございました」

「いえ……。さぞかし、ご心配のことでしょう。お察しいたします」

「恐れ入ります」

「では、殺人事件のことはよろしくお願いします。また連絡させていただきます」

電話が切れた。

藪蛇《やぶへび》になってしまったか。受話器を置いて、竜崎はそう思っていた。さすがに外務官僚だ。転んでもただでは起きないな……。

今内山から聞いた話を、美紀に伝えるべきだろうか。日本人が乗っていたという情報はない。それを聞けば、少しは安心するかもしれない。

だが、内山はまだ確実な情報ではないと言っていた。ぬか喜びさせることになりかねない。

そんなことを考えていると、斎藤が、見たことのない男を伴って戻ってきた。

「交通捜査課の土門《どもん》課長です」

「土門欽一《きんいち》です」

交通捜査課長の見た目は、交通部というより、明らかに刑事に近かった。私服姿だ。がっしりとした体軀《たいく》で、白いものが混じった髪をスポーツ刈りにしている。

竜崎は、斎藤課長に言った。

「居場所を教えてくれと言ったんだ。こちらから訪ねて行くつもりだった」

斎藤ではなく、土門が言った。

「いやいや、署長のお噂《うわさ》はかねがねうかがっております。警視長でらっしゃる。階級からいっても、こちらからお訪ねするのが筋です」

見かけはごついが、言うことは調子がいい。こういう警察官は油断がならない。

考えなければならないことがたくさんある。書類もまだ片づいていない。竜崎は、用件を切り出した。

「ひき逃げ事件で、うちの署の交通課だけではなく、刑事課強行犯係も駆り出すおつもりだとか……」

土門が、眉《まゆ》をひそめて言った。

「悪質な事案なんですよ。ブレーキの跡がまったくない。そして、轢《ひ》いた後にすぐに交差点の角を曲がってしまった。そして、いまだに検挙されていない……。これ、狙《ねら》ってやったとも考えられます」

「狙ってやった……？」

「つまり、殺人事件かもしれないということです。……となれば、強行犯係の手を借りるのは当然のことでしょう」

理屈は通っている。

「今、管内で、不審火が相次いでいます。放火の疑いが濃い。ご存じのように、放火は、重大な犯罪です。強行犯係は、その件に集中したいのです」

「なるほど……。それは困りましたな……」

それほど困った口調ではなかった。

「ですから、今わが署の強行犯係の人員を割くことは、極力避けたいというわけです。なんとか、交通課だけで対処していただきたい」

「おやおや、竜崎さんとも思えない発言ですな」

「それはどういう意味でしょう。あなたと私は、今日初対面のはずです。あなたは、噂だけで私を評価しているに過ぎません」

「これまでの実績を申し上げているのです。こういう場合、必ず解決策を見いだしてくださると思っていたのですが……」

持ち上げているようで、実は強制をしている。こちらに、解決策を出すことを求めるというのは、そういうことだ。

竜崎は、かぶりを振った。

「解決策などありません。うちの強行犯係は出せません。交通課で対処するしかないのです」

土門は、しばらく考えている様子だった。何を考えたところで、こちらの対応は変わらない。

生安課と麻取りの確執が気になっていた。そして、美紀にも電話をしたかった。

土門が言った。

「では、こうしましょう。捜査一課から捜査員を派遣させましょう。その連中に不審火の件を当たらせればいい。それなら、強行犯係をひき逃げ事件に専念させられるでしょう」

竜崎は驚いた。

「捜査一課を……。それは実にばかげている。それなら、ひき逃げの捜査に捜査一課を投入すればいい」

土門はかぶりを振った。

「私たちは、土地鑑のある捜査員を必要としているのです。所轄に頼るしかありません」

「道案内が必要ですか？　交通課が協力しているはずですが……」

「私は、土地鑑のある捜査員と申し上げたのです」

土門は、「捜査員」を強調して言った。「捜査感覚があり、なおかつこのあたりの地理をよく知っている人員が必要なのです」

「本庁捜査一課の捜査員が、所轄の刑事課長の指示におとなしく従うと思いますか？」

「従わせるのが、竜崎さんの役割じゃないですか？」

「現場のことには、口出しはしません。署員が現場で働きやすくするのが、私の役割です」

「それは矛盾してますね」

「矛盾？」

「口出しをしなければ、署員が働きやすい状況を作ることができない場合があります。今回がそうだと思いますが……」

やはり、この土門というのは、一筋縄ではいかない男のようだ。

「ひき逃げ事件に、強行犯係を駆り出したりしなければ、何も問題はないのです。地理に明るい者が必要だというのなら、交通課の人間は適任でしょう。捜査感覚に優れた者が必要だというのなら、捜査一課の捜査員をそちらで使えばいい。それで、あなたの要求はすべて満たされることになります」

土門はしばらく考えていた。やがて、彼は言った。

「私の要求は、あくまで、大森署の強行犯係を、ひき逃げ事件に投入してほしいということなのですが……。まあ、おっしゃることはわかりました。今日のところは引きあげることにします。しかし、もしこの事件が殺人ということになり、捜査本部が設置されるようなことがあれば、今度は逃げられませんよ」

竜崎はこたえた。

「そのときは、また考えます」

「けっこう。では、失礼します」

土門が署長室を出て行った。斎藤がいったん土門を見送るために退出して、すぐに戻ってきた。

「さすがですね」

「何がだ？」

「よく土門課長の要求を突っぱねられました」

「当たり前のことを当たり前に説明しただけだ」

「はあ……」

斎藤は、笑いを浮かべた。

「何かおかしいことでもあるのか？」

「私は、署長が押されているのを初めて見ました。あの土門課長というのは、たいした男ですね」

竜崎は、何も言わず、書類仕事に戻った。斎藤は、笑顔のまま署長室を出て行った。

いくつかの書類を片づけ、美紀に連絡してみようと、携帯電話を取り出した。

そのとき、内線電話が鳴った。笹岡生安課長からだった。

「麻取りから電話が入っています」

竜崎はうんざりした気分だった。

「何を言ってきているんだ?」

「どうしてすぐに麻薬取締部に来ないのか、と……」

「電話はまだつながっているのか?」

「つながっています」

「じゃあ、代わろう」

「お願いします」

竜崎は外線につないだ。

「署長の竜崎です」

「署長? 俺は生安課長と話をしていたんだ」

「私が代わって承ります」

「上等だ。じゃあ、今からすぐ、地方厚生局の麻薬取締部に来い。生安課長も連れてくるんだ」

「そちらにうかがう必要はないと思っております」

「何だと? 来る必要があると、俺が言ってるんだ。さっさと来るんだ」

「お話なら、電話でうかがいましょう」

「ふざけるな。いいか、俺は所轄《しょかつ》で話を収めようと言ってやってるんだ。何なら、本庁の生安部長に電話するぞ」

「生安部長に電話することを、いちいち私に断る必要はありません」

一瞬、相手は絶句した。

「署長だと言ったな？　本当に生安部長から呼び出しがあったときに、吠《ほ》え面《づら》かくなよ」

麻薬取締官というのは、みんなこんなに下品なのだろうか。

竜崎は話を聞きながら、そんなことを考えていた。厚労省の職員といっても、現場で犯罪と関わっていると、どうしてもこういうふうになってしまうのかもしれない。

「生安部長と話をされるというのなら、そのほうが早いでしょう。電話を切らせていただきますよ」

「なめてんのか。いいか、もう少しでおたくの署員は、重要な覚醒剤《かくせいざい》密輸に関する捜査を台無しにするところだったんだぞ」

「それはよかった」

「何だって？」

「私は、てっきりすでに台無しになっているものと思っていました。あなたは、もう少しで、とおっしゃいました。つまり、まだ台無しにはなっていないということですね」

「屁《へ》理屈を言うな。警察のレベルの低い捜査に、俺たちは頭に来てるんだ」

竜崎は、片手で携帯電話をもてあそんでいた。本気で聞くような話ではない。

「それで、私たちは、何のためにそちらにうかがわなければならないのですか？」

「あんた、頭悪いなあ。たっぷり油を絞ってやると言ってるんだ」

「そちらの捜査の方針について、詳しく説明いただき、今後の打ち合わせをしたいと言われるのなら、うかがうことを考えてもいいです」

「そんな説明は必要ないんだよ。ただ、俺たちのまわりをうろちょろしてほしくない。それだけだ」

「それは不可能ですね」

「不可能？」

「あなたがた麻取りは、我々警察と違って高度な捜査をされているのでしょう。レベルの低い我々には、あなたがたがどこでどのような捜査をされているのか知りようがありません」

相手は、低くうなっていた。

「あんた、署長だと言ったな？　名前をもう一度聞いておこうか」

「竜崎です。そちらは？」

「なんで、俺が所轄ごときに名乗らなきゃならないんだ」

「ほう……。厚労省というのは、そんなに偉いんですか？」

「当然だ。旧内務省だからな」

いわれのないプライドだ。話をしているのがだんだん面倒臭くなってきた。携帯電話の連絡先リストの中から美紀の電話番号を探していた。

「俺は待っているんだ。すぐにこっちに来い」

「名乗ってくれないのなら、地方厚生局で誰をお訪ねすればいいのかもわからないじゃないですか」

「訪ねて来る気があるってことだな」

「お名前をうかがいたいと言っているのです」

「矢島《やじま》だ。矢島滋《しげる》。弓矢の矢に島根県の島。滋は滋養強壮の滋という字だ」

「了解しました。しかし、そちらをお訪ねする気はありません。私たちの捜査に落ち度はありませんでした。抗議を受けるいわれはありません」

矢島は、しばらく黙っていた。怒りのために口をきけなかったのかもしれない。いずれにしろ、矢島が何を考えていようと、竜崎の知ったことではなかった。

「わかった」

矢島が言った。「そっちが来ないというのなら、俺のほうから訪ねよう」

また、貴重な時間を無駄にすることになる。だが、来るなと言っても、きっと乗り込んで来るだろう。

「お好きにどうぞ」

「すぐに行くから待っていろ」

麻薬取締部は、かつては中目黒にあったが、今は九段の合同庁舎内にある。九段から大森署までは、車で三十分ほどだろうか。

電話が切れた。

戸口に笹岡生安課長が立っているのに気づいた。竜崎が受話器を置くと、笹岡課長が声をかけてきた。

「どういうことになりました？」

成り行きが心配でやってきたのだろう。

「向こうから乗り込んで来ると言っている」

「申し訳ありません」

竜崎は笹岡課長の顔を見た。

「どうして謝る？　こちらの捜査に落ち度はなかったと言ったじゃないか」

「はい。落ち度はありませんでしたが、麻取りのことは当然気にすべきでした」

「向こうから協力の申し入れでもあったのなら話は別だ。だが、事前に何も言ってこなかったのだろう？」

「何も言ってはきませんでした」

「ならば、謝ることなどない」

「はあ……」

「個人的な電話をかけたいのだが、いいかな？」

「はい。失礼します」

笹岡課長がいなくなると、竜崎は携帯電話で、美紀を呼び出した。

「お父さん……」

「忠典君とはまだ連絡が取れないのか？」

「メールも電話もだめ」

「そうか。父さんは外務省の知り合いに電話してみた」

「何かわかった？」

「まだ未確認の情報だが、墜落した飛行機には、日本人が乗っていたという記録はないそうだ」

「本当？」

「だから、あくまでも未確認情報だ。だが、望みはある」

「そうね」

「また何かわかり次第連絡する」

「ありがとう」

竜崎は電話を切った。

その二十分後に、斎藤課長がやってきて告げた。

「麻薬取締部の矢島さんがおいでですが……」

竜崎は、溜《た》め息をついてから言った。

「お通ししろ」

5

麻薬取締官の矢島滋は、日本人離れした印象があった。四角くいかつい顔で、昔活躍した南米の有名なサッカー選手にちょっと似ていると、竜崎は思った。

年齢はおそらく四十代前半だろう。グレーのスーツを粋《いき》に着こなしているが、日本人の基準からすると、ちょっと暑苦しく厭味《いやみ》な感じがする。

矢島は、署長室に入ってくると竜崎の机の前に立った。竜崎と正面から向かい合う位置だ。

竜崎は座ったままだった。目の前には決裁しなければならない書類を広げていた。

「これがどういうことなのか、わかっているんだろうな」

矢島が竜崎を睨《にら》みつけて言った。

「どういうこと？　おっしゃっていることの意味がわかりませんが……」

「俺が、わざわざ警視庁の所轄《しょかつ》なんぞに足を運んできたことの意味だ」

「意味などないと思います。あなたが何か言いたいことがあるというだけのことでしょう」

「ああ、言いたいことなら山ほどある」

「うかがいましょう」

竜崎は、署長印を手に取って書類に押した。次のファイルを開く。

「それが人の話を聞く態度か？」

「充分に話の内容は理解できますから、ご心配なく」

「ふざけるな」

「別にふざけてはいません。私のほうも仕事が立て込んでいますので……」

「警視庁のやつらは、とことん俺たちをなめてくれるな……」

「そう思うのはあなたの勝手ですが、こちらはこちらのやることをやっているだけです」

矢島は、竜崎をさらに睨みつけてから、署長室内を見回し、テーブルのまわりに並んでいる椅子《いす》の一つにどっかと腰を下ろした。

すぐに引きあげてほしかったが、そうもいかないようだ。

矢島の行動を見て、竜崎はそう思った。

「俺たちが扱うのは、いずれもでかいケースだ。そのために、神経をすり減らすような内偵を続けている。ときには潜入捜査もやる。公《おおやけ》にされていないが、潜入したまま帰ってこなかった捜査官もいる」

竜崎は、書類仕事を続けながらその話を聞いていた。

別に驚くほどのことではない。

「それは、警察官も同じです」

「警察は、県警ごとに縄張りを持っている。さらに、所轄の縄張りがある。そして、その細切れの縄張りのことにしか眼が届かない。自分の縄張りの中で起きた事案に、安易に飛びついちまう。俺たちが、泳がせている売人を、何の考えもなしに検挙しちまう。餌《えさ》を見つけた犬みたいにな……」

「私は役割分担だと心得ています。たしかに、細かく管轄が分かれていることで、弊害がないわけではありません。しかし、それをカバーするだけの体制を、警察も整えているのです」

「ふん、そんなのは口だけだ。警察は目先のことしか考えていない」

「犯罪は目先で起きるのですから、それは仕方がないことです。警察が目先のことを無視したら、日本は無法国家になりますよ」

「屁《へ》理屈を言うな」

「屁理屈ではありません。それが事実です」

「短絡的で衝動的な警察の捜査に、俺たちは迷惑しているということを言いたいんだ」

「短絡的で衝動的……」

竜崎は、印鑑を置いた。「それは聞き捨てなりませんね。どういうところが短絡的で、それがどうして衝動的なのか、ちゃんと説明していただきたい」

「何度同じことを言わせるんだ。俺たちは、常に大きな事案を追っている。そのためには、売人や麻薬・覚醒剤《かくせいざい》を買った者、所持者などを泳がせる必要もある。それがさらに上の情報につながるからだ。警察はそうした捜査を台無しにしちまうわけだ」

「犯罪者を検挙するのが、警察の仕事です。私も繰り返し言わせていただきます。我々はやるべきことをやっているだけです」

「俺たちの邪魔をするな。今度邪魔をしたら、相手が警察官だってただじゃおかない」

「公務を妨害したら、あなたも検挙されることになりますよ」

「公務だと?」

矢島は怒りを募らせている様子だ。眼がぎらぎらと光っている。頬が紅潮していた。

「そうです。公務執行妨害は立派な犯罪ですよ」

「俺たちの公務に比べれば、警察の公務なんてちっぽけなもんなんだよ。俺を検挙したら、厚労省が黙っちゃいないぞ」

警察庁は、庁に過ぎない。厚労省は省だ。矢島は、その格の違いを言っているのだ。まして、竜崎は東京都管轄の警察署の長に過ぎない。

矢島から見れば、取るに足らない存在なのかもしれない。

だが、犯罪の捜査に関しては省庁の格差や組織の大小など関係ない。

「あなたの要求は理不尽なので、とても納得はできません」

矢島は驚いた顔で、竜崎を見た。それから、さらに顔を赤くした。

「俺は要求しているんじゃない。命令しているんだよ」

「私はあなたから命令される立場にありません。命令系統がまったく違います」

「そんなことを言ってるんじゃない。今回の件に関しては、警察は引っ込んでいろと言ってるんだ」

竜崎は、溜《た》め息をついた。

「あなたが、電話で言われたように、生安部長と話をされるべきですね。私には判断できない問題です」

矢島は、一瞬言葉を呑《の》んだ。しげしげと竜崎を見てから言った。

「生安部長に、今回のあんたらの不手際について報告してもいいと、あんたは言っているのか？」

「もちろん、報告してかまいません。我々の捜査に落ち度などなかったと、私は信じていますから」

「俺を相手にはったりは通用しないぞ」

「どうして私が、はったりなど言わなくてはならないのですか？　そんな必要などまったくない。私は忙しいのです。あなたも忙しいはずだ。問題を解決したいのなら、生安部長と話をしに、本庁に行くべきです」

矢島は少したじろいだ様子だった。竜崎にはそれが不思議だった。問題を解決しようと思うのなら、もっとも効果が上がる相手と話をすべきだ。

この場合、交渉相手として、竜崎よりも生安部長がふさわしいのは明らかだ。矢島は、なにをためらっているのだろう。

「俺は、何も事を大きくしようと思っているわけじゃない。あんたのところの捜査員が、内偵中の売人を検挙しようとした。こちらは時間をかけて大物にたどり着こうとしている。なのに、警察はトカゲの尻尾《しっぽ》だけを必死でかき集めようとしているんだ」

「麻薬・覚醒剤の売買の実態があれば、当然我々は検挙に動きます。それがトカゲの尻尾であろうが何であろうが……」

　矢島が顔をしかめた。

「どうして一言、反省している、以後気を付けると言ってくれないんだ。そうすれば、こっちだって考えようはあるんだ」

「反省する必要がないからです。こちらの捜査に落ち度はなかった。落ち度があるとすれば、そちらの態度でしょう」

「なんだと……？」

「泳がせ捜査をしているのなら、そのことを警察に詳しく知らせてくれるべきです。そうすれば、こちらも注意のしようがあります。そちらの捜査の実態がまるでわからないのですから、こちらは目の前で麻薬・覚醒剤の売買が行われたり、所持者を発見したらその場で検挙します。そうしないと、職務怠慢ということになります。故意に見逃したりしたら、それは違法行為ですらあります」

　矢島は、視線をそらしてしばらく考えている様子だった。何を考えているかわからない。興味もなかった。

　竜崎は、一刻も早く彼が立ち去ってくれることを願っているだけだった。

「麻薬・覚醒剤の捜査というのは、きわめて微妙なんだ。一人の売人を見つける。それがどこに繋《つな》がっていくのかを辛抱強く追跡していく。そして、それがさらに上部の個人なり組織なりに繋がっていくのを見極めていく。ほんの少しの不注意が命取りになりかねない」

「さきほども言いましたが、それは、警察の捜査も同じです」

矢島はかぶりを振った。

「警察は、自分の管轄内で挙げた売人を取調室で叩《たた》くだけだ。そいつがヤクの供給源を吐かなければ、それで終わりだ。そうして、重要な情報源が失われていく」

「だからといって、麻薬売買の実態を放置しておくわけにはいきません」

「水道の水漏れが起きたら、元栓を締めるしかない。でないと、根本的な解決にならない」

「水漏れしているところの修理も重要です」

「こんな議論をしにここに来たわけじゃない」

「私も同感ですね。不毛な議論です」

「つまり、あんたは、俺たちへの協力を拒否するということだな？」

先ほどまでとは、ちょっと語調が変わっていた。威圧感が減り、探るような口調になっていた。

これは、何か交渉することを目論《もくろ》んでいるのを意味しているのかもしれない。竜崎は、そっと溜め息をついた。

俺と交渉なんてしても無駄だ。さっさと、警視庁の生安部長のところに行ってくれ。

「協力はしますよ。ただし、それには前提条件が必要です」

「前提条件？」

「あなたが言う高度な捜査の詳細な内容です。それを知らなければ、警察の捜査員たちは、あなたの言うトカゲの尻尾をかき集めつづけることになります」

矢島はかぶりを振った。

「警察の周囲には常にマスコミがいる。機密の漏洩《ろうえい》の危険がある。繰り返し言うが、我々の捜査は、どんな小さな不注意も許されない。マスコミに機密が洩《も》れでもしたら、何人もの麻取り捜査官の身が危険にさらされる」

「しかし、情報の共有がなければ、今回と同じことが繰り返されます。そのたびに、あなたは、所轄の誰かを呼びつけたり、こうして怒鳴り込んだりすることになるわけです」

矢島は、考え込んだ。

しばらくして、彼は言った。

「機密を洩らすわけにはいかないんだ」

「何も知らずに、協力しろと言われても、それは無理な話です。どうやって協力しろと言うのですか？　警察に仕事をするなということですか？　それは理屈が通りません。もし、麻薬のことをすべて麻取りに任せろとおっしゃるのなら、交渉相手は私ではありません。生安部長ですらない。警察庁長官か、国家公安委員長とお話をされるべきです」

「そんなことができるはずないだろう」

「あなたの要求のレベルは、それくらいの立場の人間でないと対処できません。もし、本気なら、警察庁長官や国家公安委員長にお会いになるべきです。私は警察庁の長官官房に何人か知り合いがいます。おつなぎすることもできますよ」

矢島は、目を丸くした。

「警察署長のあんたが、警察庁の長官官房に伝手《つて》があるというのか？」

「まあ、警察という組織にもいろいろ事情がありましてね……」

「だから、俺はいたずらに事を大きくしたいわけじゃないと言ってるだろう」

「では、ただ因縁をつけに来ただけなのですか？」

矢島は再び言葉を呑み込んだ。しばらく黙っていた。

長い沈黙の後に、彼は言った。

「何を話せば、協力してくれるんだ？」

「あなたが手がけている事案について、すべてです」

「それはできない。機密事項がいくつもあるんだ」

「では、お話しいただける範囲でも結構です。その内容を、うちの生安課長と分析して、捜査員に今後の捜査についての指示を出します」

矢島はまた考え込んだ。

「大森署管内で、麻薬・覚醒剤の売人同士の揉《も》め事があったのは知っているか？」

「報告は聞いています」

「その背後には広域暴力団傘下《さんか》の組がそれぞれついていた」

「その話も知っています。もともとは、刑事課のマル暴が対処していた事案で、麻薬・覚醒剤絡《がら》みだったので、刑事課から生安課に情報が行きました」

「その売人同士の揉め事というのは、俺たちが仕組んだことだ。背後にいる暴力団をあぶり出すためにな……」

竜崎は別に驚かなかった。

そうした細工は何も麻取りの専売特許ではない。公安だってその程度の工作はやっている。

矢島の言葉が続く。

「俺たちは、その暴力団が、どの程度の規模で麻薬・覚醒剤の売買をやっているのか、全体像を把握したいと思っている。さらには、その麻薬・覚醒剤の供給源がどこなのかを知りたいんだ」

「売人同士の揉め事を仕掛ける前に、一言でいいからうちの生安課長なり、捜査員なりに耳打ちしてくれればよかったのです。そうすれば、あなたの言う不手際はなかったはずです」

「麻取りがいちいち所轄《しょかつ》に断りを入れていられるか」

「あなたは、さきほど警察の細切れの縄張りの話をされました。私からすれば、あなたの省庁間の格の違いといった意識や、麻取りの縄張り意識こそが問題だと思います」

「麻取りの縄張り意識……？」

「警察なんかに、麻薬・覚醒剤の取締に手を出してもらいたくない。目障《めざわ》りでしょうがない。それが、あなたがたの本音なのでしょう。しかし、本気で捜査をするなら、利用できるものをすべて利用するべきです。警察を邪魔者扱いしないで、利用すればいいのです」

矢島は目だけでなく、今度は口をあんぐりと開けた。

「あんたは、警察官のくせに、警察を利用してもいいと言うのか？」

「当然です。どちらも国のために働いているのです。目的は同じです。それなのに対立するのはばかげている。情報さえちゃんと共有できれば、同じ目的のために協力し合えるはずです」

「あんたは今、国のためと言ったが、警視庁は東京都の警察に過ぎないじゃないか」

「警察官は、警視正以上は皆国家公務員となるのです。国家公務員が国のために働くのは当たり前のことです」

「それは理想論に過ぎない」

竜崎は、不思議な思いで言った。

「理想を追求するのに、何をためらう必要があるのです？」

矢島も不思議そうな顔をしていた。

「あんた、いったい、何者だ？」

「大森署の署長です」

「ただの所轄の署長じゃないだろう」

「ただの所轄の署長ですよ」

矢島は、椅子《いす》に座ったまま、もぞもぞと体を動かした。背もたれに体をあずけて脚を開いていたのだが、少しだけ姿勢を正した。

「今言ったとおり、こちらは、売人の背後にいる暴力団や、さらにその背後にある供給源を探りたい。麻薬・覚醒剤《かくせいざい》・非合法ドラッグに関しては、取締強化にもかかわらず、使用・所持・売買といった犯罪が拡大しつづけている。厚労省は危機感を募らせている」

「警察庁でも同様にそうした認識を持っています。今や、ドラッグは、特別な使用者の問題ではありません。クラブのような街中の遊興施設やインターネットで若者が比較的簡単に接することができます。主婦層のように、これまでまったく薬物と縁がなかった人々にも広がりつつあるというデータもあります」

矢島がうなずいた。

「今回は、ある程度の成果を得られた。売人の背後にいる暴力団が特定できたし、そうなれば、潜入捜査やその暴力団にSを作るなどの工作も可能になってくる」

Sとはスパイのことだ。それは、危険な捜査であることを物語っている。実は、警察でも潜入捜査を行うことがある。その場合、都道府県警の警察から退職させて、警察庁指定登録作業員といったような曖昧《あいまい》な名称の身分にする。

「その類《たぐい》の工作が、きわめて微妙であることは理解しています」

「だから、警察官には触れずにいてほしいんだ」

「何に触れてはいけないかという線引きが必要です。でなければ、現場の捜査員はただ戸惑うばかりです」

「線引きか……」

「そう。つまり、詳しい情報です。おそらく、あなたがたには、その暴力団に麻薬・覚醒剤を供給しているのが何者なのか、目星がついているのでしょう」

矢島はそれについてはこたえなかった。

否定も肯定もしない。重要なのは、否定しなかったということだ。

「今日、俺が言えるのは、ここまでだ」

「つまり、この先があるということですか?」

「考えてみる」

「何をどう考えていただけるのですか?」

「こちらからどの程度の情報を提供できるか。そして、そちらから提供してほしい情報もある」

「こちらからの情報？」

「たとえば、暴力団についての情報だ。それについては所轄や、警視庁の組対三課、四課のほうが、俺たちよりずっと実情に詳しいはずだ」

竜崎はうなずいた。

「そう思います」

矢島は立ち上がった。

「また連絡する」

「前向きな連絡ならお待ちしています」

「もう一度名前を聞かせてくれ」

「竜崎です」

矢島は署長室を出て行った。

6

矢島が去って行くと、すぐに斎藤警務課長と笹岡生安課長が、署長室にやってきた。

二人とも、まったく同じように心配そうな表情をしている。

笹岡生安課長が尋ねた。

「どうなりました？」

竜崎は、書類に判を押しながらこたえた。

「今後は、情報交換するということで、話がまとまったと、私は解釈している」

ちらりと笹岡を見ると、心底驚いたような顔をしている。

「麻取りが情報交換に応じたというのですか？」

「どの程度の情報をこちらに提供できるか、考えてみると言っていた」

「信じられません。彼らは、警察官をはなからなめきってますからね……」

「そういう意識が不必要なものだということも説明したつもりだ。もっとも、どの程度向こうが納得したかはわからんが……」

「今後は、自分たちがすべての指揮を執る、などとは言い出しませんでしたか？」

竜崎は、顔をあげてまっすぐに笹岡の顔を見た。笹岡は、まるで叱《しか》られでもしたかのように目を伏せた。

「そんなこと言うはずないだろう。言ったとしても意味のないことだ。組織が違うのだから、当然命令系統が違う」

「はあ、そうですが、連中は恫喝《どうかつ》の意味を込めて、そういうことを言いたがるものですから……」

竜崎は書類に目を戻した。

「こちらの捜査員に触れてほしくないものと、こちらの判断で捜査できるものの線引きをしたいと申し入れた。それについても、考えると言っていた」

「それがはっきりすれば、余計な対立が防げると思います」

「そのための話し合いができたと思う」

「まことに感服いたしました」

「つまらんことに、感服しなくていい。本来なら君がそういう交渉をすべきなんだ」

「いや、私の手には余ります」

竜崎は小さくかぶりを振っていた。

「まあ、課長の手に余ることを処理するために署長がいるんだ。気にすることはない」

「はあ……」

「ああ、それから、向こうからもほしい情報があるようだから、それについても、後日知らせてくると思う」

笹岡が驚きの声を上げた。

「麻取りのほうから情報がほしいと……。本当に信じられません」

「暴力団に関する情報だそうだ。向こうは、情報を小出しにするつもりかもしれない。だが、こちらは出せる限りの情報を渡してやろうと思う」

「誠意を示すということですか？」

「誠意？　そんなものは公務の上で関係ない。そのほうが合理的だからだ。相手は判断材料をほしがっている。それを与えてやったとしても、こちらには何のデメリットもない」

「メリットもないと思いますが……」

「メリットはある。こちらからの情報の量と質が上だということになれば、今後の交渉材料になる」

「なるほど……」

「それを、刑事課長に伝えておいてくれ」

「わかりました。伝えます」

笹岡は一礼して署長室を出て行った。

斎藤警務課長は、まだ残っていた。

「さすがですね……」

「さすが？　何がだ？」

「今まで、麻取りの恫喝を突っぱねた署長はおりません。おそらく本庁でも手を焼くでしょう」

「司法警察が協力し合うのは、当たり前のことだ。私はそれを説明しただけだ」

「その当たり前のことが、なかなか言えないものです」

「私は常々それが不思議でたまらない。みんな何のために仕事をしているのだ。その原則を忘れている」

「おっしゃるとおりだと思います」

竜崎は、署長室内にかかっている時計に眼をやった。十八時になろうとしている。すでに退庁時間は過ぎている。だが、まだ判を押さなければならない書類がたっぷり残っている。

それを早く終わらせたいと思った。その気持ちが、斎藤に通じたようだ。斎藤は一礼して去っていった。

五分後、斎藤がまたやってきた。

「本庁交通捜査課の土門課長からお電話ですが……」

竜崎は顔を上げた。

「そんなことはいちいち口頭で知らせに来なくていい。電話をつなげばいいだけだ」

「例の話の続きではないでしょうか。今、電話にお出になりたくなければ、私のほうで適当に言っておきますが……」

「私が居留守を使ったことで、今後の捜査に遅延や支障が出たらどうする。かまわないからつないでくれ」

「わかりました」

すぐに外線電話がつながった。

「竜崎です」

「土門です。さきほどはどうも……」

「ご用件は？」

「ひき逃げ事件ですが、捜査本部ができることになりました。ついては、そちらの強行犯係にも参加していただきたいと思いまして……」

竜崎は、心の中でうなった。

あくまで、土門は自分の主張を貫こうとしている。やはり、一筋縄ではいかない相手だ。

捜査本部となれば、参加しないわけにはいかない。

「捜査本部の立ち上げはいつですか？」

「正式には、明日の朝一番に設置されます」

「では、それまで返事を待っていただけますか？　こちらも人員のやり繰りが必要になってきます。その態勢を関係部署の者と話し合わねばなりません」

しばらく間があった。

「わかりました。しかし、リミットは明日の始業時間です。捜査本部がどの程度の緊急度を持っているか、よくご存じのことと思いますから、これ以上のことは何も申しませんが……」

「わかっています」

「では、よろしく」

受話器を置いた。

判を押す手が止まっていた。

一度は納得して帰ったかに見えた。だが、土門は決して納得していなかったのだ。どうして、こちらの強行犯係にこれほどこだわるのか、竜崎には理解できなかった。

おそらく、自分の言い出したことを否定されることに我慢できないタイプなのだろう。本当は、大森署の強行犯係などどうでもいいのかもしれない。

竜崎に、拒否されたことが許せないのだろう。

捜査本部ができたときには考えると言った手前、今度は無下に拒否もできない。刑事課長と、もう一度相談する必要がある。

竜崎は、内線電話で関本刑事課長を呼び出した。関本はすぐに署長室にやってきた。

「交通捜査課の土門課長から電話があった。ひき逃げの件で、捜査本部ができるそうだ」

「捜査本部？　殺人事件の扱いですね」

「悪質なひき逃げで、殺人も視野に入れていると言っていたからな。それで、またうちの強行犯係を差し出せと言ってきた」

関本課長は難しい顔になった。

「捜査本部となると、知らんぷりもできませんね」

「不審火のほうはどうなんだ？」

「目撃情報を当たっていますが、まあ、あまり芳《かんば》しい結果は出てないですね」

「放火は重要な事案だ。おろそかにはできない。人員を確保しておきたいな」

「はい」

だが、いくらそのことを説明しても、土門は認めようとしないだろう。

この場合、原則はあくまで、強行犯係を不審火の捜査に当てることだ。竜崎は原則を貫きたい。

だが、今回はそうもいかないようだ。

「強行犯係には、捜査本部に参加してもらうことになると思う。他の係から不審火の捜査に回せそうな人員がいたら、調整してみてくれ」

「わかりました。しかし、強行犯係全員を捜査本部に送り込むのは、どうかと……。これまでの経緯を知っている者を何人か残しておかないと……」

関本が言うことももっともだ。

「そのことも含めて、調整案を作ってくれ。明日の朝まで、私もいろいろ考えてみる」

「了解しました」

その日は、午後八時半まで仕事をして帰宅した。

「美紀は帰っているか？」

竜崎は、妻の冴子に尋ねた。

「まだよ」

美紀はいつも残業だ。広告代理店というのは、そんなに忙しいのだろうか。帰りが真夜中になることもあり、そんなときは酒の臭《にお》いを漂わせている。

もちろん、竜崎は、接待などばかばかしいと思っているが、今のところ何も言わずにいる。

「忠典君が事故にあったかもしれないというのに、仕事なのか？」

「仕方ないでしょう」

「その後、連絡はあったか？」

「一度電話があったわ」

「どんな様子だった？」

「落ち着いていますけど、本当は心配で心ここにあらずってところね」

「そうだろうな」

着替えをして、ダイニングテーブルに着いた。三百五十ミリリットルの缶ビールを一本だけ飲む。それが夕食時の習慣だ。

一人で夕食を食べる。冴子もテーブルに着いて話しかけて来た。

「美紀に聞いたけど、外務省に電話してくれたんですって？」

「ああ」

「墜落した飛行機に、日本人乗客が乗っていた記録はないんだそうね？」

「そうだ」

「じゃあ、忠典さんは、その飛行機に乗っていなかったと考えていいのね？」

「どうかな……」

竜崎は言った。「記録のミスということもある」

「国際便でしょう？　ミスなんてあり得る？」

「外務省のやつが、確実な情報ではないと言っていた」

「でも、期待は持てるわね」

「期待なんて意味がない。忠典君がその飛行機に乗っていたか乗っていなかったか。こたえは一つだ」

「まったく、あなたは融通がきかないわね」

「事実を言っているだけだ」

美紀が帰ってきた。疲れ果てた顔をしている。仕事のせいばかりではないだろう。忠典のことで、心労が募っているに違いない。

「ただいま」

竜崎は、美紀に尋ねた。

「忠典君と連絡は取れたか?」

「取れない」

冴子が言った。

「今、父さんと話していたのよ。乗客名簿に記録がなかったんだから、きっと乗っていなかったのよ」

美紀が疲れた表情のまま言う。

「そうね……。でも、連絡が取れないのが気になる……」

冴子が竜崎に言った。

「外務省の人から、もっと詳しいことは訊《き》けないの?」

「わからない」

竜崎は正直に言った。「その人は、事故のことを直接担当しているわけじゃない。

それに、カザフスタンからの情報が、不充分なのだそうだ」

「その外務省の人にまた連絡してみてくれる？」

冴子が言う。竜崎はうなずくしかなかった。

「わかった。電話してみる」

美紀は、自分の部屋に行こうとしているようだ。冴子が尋ねる。

「ご飯は？」

「いらない。会社で食べた」

なんだか、だんだん美紀が遠くへ行ってしまうような気がした。まあ、子供というのはそういうものだ。

竜崎は、残りのビールを飲み干して、ご飯と味噌汁《みそしる》をもらうことにした。

竜崎は眠りが深いほうではない。夜中に、些細《ささい》な物音で目を覚ますことがある。だから、携帯電話が振動したとき、即座に目を覚ました。

時計を見た。午前三時半だ。

この時刻の電話が、いい知らせであるはずはない。

「はい、竜崎」

「関本です」

刑事課長だ。

「どうした？」

「管内で火事です。一軒家から出火し、まだ燃えています」

「例の不審火か？」

「調べはこれからですが、その可能性が高いと思います」

「被害者は？」

「煙を吸い込んだ住人が救急車で運ばれましたが、命に別状はないようです。その他の家族は全員無事に脱出しました」

小火《ぼや》で済んでいた不審火が、ついに大きな火事に発展してしまったということだろう。火事というのは大事だ。臨場すべきだろう。

「すぐに行く。住所は？」

関本は驚いた声で言った。

「いや、署長が臨場されることはないと思います。報告だけはしておこうと思っただけで……」

「現場を見ておきたい。すぐに行く」

「じゃあ、公用車を向かわせます」

「わかった」

明かりをつけぬまま、身支度を整えた。妻に気をつかったつもりだが、当然妻は目を覚ましている。

「事件ですか？」

「火事だ。放火かもしれない。現場に行ってくる」

妻が起きようとした。

「いいから、寝ていろ」

「そうはいきませんよ。警察官の妻ですからね」

背広を着てネクタイをしめる。おそらく現場には記者がたくさんいて、竜崎の姿を見たら寄ってきてコメントを求めるに違いない。

だから、あまりラフな恰好《かっこう》でいたくない。警察の署長というのは、何かと気をつかうことが多い。

公用車の到着を待って、現場に向かった。火事が起きた場所は、公用車の運転手が知っている。

竜崎が現着したときは、すでに鎮火していた。煙の臭いが強く立ちこめている。木材やプラスチックが燃えた悪臭だ。

地面は消防隊の放水のためにびしょびしょだ。水に炭の粉が溶けて、どろどろになっている。煙と水蒸気がまだたなびいていた。

マスコミを適当にあしらって、封鎖用のテープをくぐると、関本が駆け寄ってきた。

竜崎は尋ねた。

「被害は？」

「家は半焼ですね。本格的な調べは、朝からになりますが、出火元は、家の中ではなく、外のようです」

「やはり、放火と考えていいようだな」

「はい」

ポケットに両手を突っこんで、不機嫌そうに現場を眺めている捜査員に気づいた。強行犯係の戸高善信《とだかよしのぶ》だ。

夜中に叩《たた》き起こされたことが、よほど気に入らない様子だ。

竜崎は関本に尋ねた。

「戸高も、不審火の件を追っているんだな？」

「ええ、強行犯係ですから、当然……」

竜崎は、うなずいて、戸高に近づいた。彼は竜崎に気づいたが、別に緊張した様子もなく、会釈《えしやく》程度の礼をした。

「不審火の件を追っているんだな？」

「アカイヌってのは、最低ですよ」

戸高は吐き捨てるように言った。アカイヌというのは、火事、特に放火を指す警察の隠語だ。

「最低……？」

「そうです。火事は、何もかもを奪っちまう。保険でまかなうとか、そういう問題じゃないんです。思い出の品とか、アルバムや日記、気に入ったやつからの手紙……。つまり、人生の過去をすべて奪い去っちまうんです」

竜崎は、戸高のこの言葉に、ちょっと驚いた。

物事を常に斜に見ているような男だ。話しかけても、素直な反応が返ってくることは珍しい。

そんな男が、人生の思い出について語っているのだ。

「つまり、金に換算できない大切なものを、火事は奪ってしまうということだな？」

「だから、火付けをするやつは、絶対に許せない」

「強行犯係は、全力で放火犯を追う必要があるということだな？」

「当然でしょう。こいつを挙げない限り、俺は枕《まくら》を高くして眠れませんよ」

「強行犯係が、他の事案に引っぱられるとしたら、どう思う？」

「そいつは何の冗談です？　俺は、今は、このアカイヌのことしか考えられませんね」

「他の捜査員はどうだろう？」

「強行犯係のやつは、みんな同じですよ。今回は、たまたま犠牲者が出なかった。でも、火事は、命を奪う恐れがきわめて高いんです。それも、複数の命を……。年寄りや子供といった弱者が犠牲になることが多い」

竜崎は、戸高の顔を見た。いつも皮肉な笑いを浮かべているようなやつだが、今は真剣な眼差《まなざ》しをしている。

彼は、怒っているのだ。

「わかった」

竜崎は、そう言って戸高のもとを離れようとした。

戸高が言った。

「いったい、何なんです？　強行犯係が他の事案に引っぱられるって、どういうことですか？」

竜崎は振り向いた。

「仮定の話だ。気にしないでくれ」

「気になりますね」

ここで隠し事をしても仕方がない。竜崎はそう思った。

「ひき逃げ事件を知っているだろう」

「交通課の仕事でしょう」

「悪質なケースなので、捜査本部ができることになった。本庁の交通捜査課からは、うちの強行犯係を捜査本部に参加させろと言ってきている」

とたんに、いつもの戸高の態度になった。

「俺は、そんな捜査本部には行きませんよ。この放火犯のことで手一杯ですからね」

「その気持ちは、よくわかるよ」

竜崎はそれだけ言って戸高に背を向けた。

おそらく強行犯係の全員が戸高と同じ気持ちだろう。いよいよ板挟みになったな……。

竜崎はそう感じていた。

自宅に引き上げて来たのが、朝の五時頃だった。一眠りしようと思ったが、眠れそうもない。

7

今日の朝一番で、捜査本部に送り込む強行犯係の人選をしなければならない。

関本刑事課長に任せるべきなのかもしれないが、竜崎が判断するしかないこともある。関本課長は、放火の件に力を注ぎたいと考えているはずだ。

関本の人選が、土門課長の要求を満たさない場合も想定される。そのときは、竜崎が調停しなければならない。腹案を持っていなければ、調整作業はうまくいかない。

人と人との間に立って、何かをまとめようとするとき、失敗するのは、自分なりのアイディアを持っていない場合だ。

強行犯係を何人捜査本部に送り込めばいいのか……。

大森署管内で起きたひき逃げ事件だ。捜査本部ができるとなると、竜崎も顔を出さないわけにはいかないだろう。

捜査本部では、通常、本庁の部長が捜査本部長となり、所轄《しょかつ》の署長が副本部長となる。

そこまで考えて、竜崎は、はっとした。

捜査本部はどこにできるのだろう。それを確認していなかった。そんな重要なことを知らなかったという事実が、自分でも信じられない。

麻取りの矢島のことや、不審火のことなど、考えねばならぬ事柄がたくさんあった。そんなことで、仕事がおろそかになる竜崎ではないはずだが、やはり、忠典のことが気になっていたのだろうか。

本庁交通捜査課の土門から捜査本部ができると知らされたとき、漠然とどこかにできるのだろうとしか考えなかった。

だが、特別なことがない限り、捜査本部は事案の現場を所轄に持つ警察署に置かれるのだ。

斎藤警務課長は、何も言わなかった。だが、竜崎が当然知っているものと思って、特に報告しなかったのかもしれない。

ひき逃げの捜査本部は、大森署にできるのだろう。

強行犯係を出す出さないだけの問題ではなかった。捜査本部ができるとなると、捜査員だけではなく、多くの人材を割かなければならなくなる。経費もかかる。

眠るどころではなくなった。

台所に行き、コーヒーをいれようとした。すると、冴子が起きてきた。

「何をごそごそやってるの？」

「いいから、寝てろ」

「コーヒーね。座ってて」

結局任せることにした。

「今日は、早く出かける」

「公用車を待たなくていいんですか？」

「充分に歩いて行ける距離だ。公用車なんて、だいたい無駄だと思っていた」

「でも、警察幹部はテロの標的になる恐れがあるから、移動のときは公用車に乗らなければならないんでしょう？」

「俺を標的にするテロリストなんていない」

「そんなことはわからないでしょう」

「テロリストが本気なら、公用車に乗っていようが乗っていまいがやられる。だから、あまり意味がない」

「まったく、あなたって人は……」

コーヒーメーカーから、コポコポという音が聞こえてくる。芳香が漂ってきた。竜崎は、新聞を取ってきて開いた。

東大井の変死体の件が報道されている。夕刊で第一報が流れた。その続報だ。まだ被害者が外務省の職員だということは記事になっていない。

ひき逃げの記事もあった。これは、ごく小さな扱いだ。だが、捜査本部ができたとたんに、大きな続報が載るはずだ。

カザフスタンの飛行機事故については、どこを見ても載っていなかった。もしかしたら、昨日の夕刊で報道されたのかもしれないが、竜崎は記憶になかった。

続報はない。日本人にとっては、馴染《なじ》みのない国の事故なので、どうしても扱いが小さくなるのだろう。事故のことを知った何割かの人は、旧ソ連の国内事故のような印象を受けているのではないだろうか。

冴子がダイニングテーブルにコーヒーを持ってきてくれた。

「忠典さんのこと、もう一度外務省の人に訊《き》いてみてくれるんですよね?」

竜崎は、新聞に眼をやったまま、コーヒーを一口すすり、生返事をする。

「ああ……」

外務省の内山に電話するのは気が進まない。彼は、東大井の事件に関する捜査情報を聞きたがっている。

二人が連絡を取り合ったことは、内山にとっては渡りに船、竜崎にとっては藪蛇《やぶへび》となったようだ。

一杯のコーヒーの効き目はたいしたものだった。少し気分がほぐれた。背広を着たままだったので、そのまま出かけることにした。

「今日から捜査本部ができるので、もしかしたら帰れないかもしれない」

「あら、放火の件？」

「いや、昨日起きたひき逃げ事件だ」

「本当に、お迎えの車を待たずに出かけるの？」

「ああ、行ってくる」

「行ってらっしゃい。気をつけて」

六時半に署に到着した。交通課の当番の係長が声をかけてきた。

「署長、お早いですね」

「ああ、今日はいろいろと立て込んでいるんでね」

「ひき逃げの捜査本部ができるんでしたね」

やはり、捜査本部は大森署にできるのか。この係長は、そのことを知っている。俺は、誰かの報告を受けていて、忘れていたのだろうか。

竜崎は考えてみた。

いや、そんなことはない。誰の報告も聞いていない。こんな重要なことを、聞いていて忘れるはずがない。

「交通課からも捜査本部に参加することになるはずだが……」

「明日の当番の連中が回されるようです。おかげで、シフトがちょっと狂っちまいます」

竜崎はうなずいた。

「しばらくがんばってくれ」

「了解です」

警察署の中は、二十四時間慌《あわ》ただしい。だが、早朝はさすがに静かだ。

いつもは開け放っている署長室のドアを閉めて席に座った。そのとたんに、竜崎は自信と落ち着きを取り戻した。

自分の署に捜査本部ができるからといって、何も慌てることなどない。いつものとおり、仕事をすればいいのだ。

適材適所を心がける。その場その場で最善の判断を下すようにする。

それだけでいいのだ。

できないことをやろうとするからうろたえるのだ。できることをちゃんとやればいいだけだ。

竜崎は、まず捜査本部の準備がどの程度進んでいるか把握しようとした。だが、細かなことは斎藤警務課長が登庁してくるまでわからない。

捜査本部なら、大会議室か講堂を使うはずだ。竜崎は、部屋の様子を見てこようと思った。

まずは、大会議室からだ。竜崎は、署長室を出た。署内ですれ違う者たちは、別に驚いた様子もなく礼をしてくる。

署長が早朝に署にいてもそれほど驚かれない。警察官の勤務時間というのは、それほど不規則なのだ。

大会議室のドアを開いて、ちょっと驚いた。すでに長机や無線機が運び込まれ、捜査本部の体裁がほぼ整っている。

警務課は、着々と準備を進めていたのだ。おそらく、ずいぶんと残業したに違いない。

入れ物は整いつつある。問題は、中身だ。関本刑事課長は、どんな人選をしてくるだろう。

竜崎は、未明の火事現場のことを思い出した。

戸高を捜査本部に送り込んでやろうか。一瞬、そんな考えが頭をよぎった。もちろん、実際にそんなことはしない。ちょっとしたいたずら心だった。それだけ、気分的に余裕があるということだ。

大会議室のドアを閉めて署長室に戻ることにした。斎藤が出てきたら詳しい報告を聞くことにしよう。

廊下を歩いていると、関本刑事課長に会った。

関本が眉《まゆ》をひそめて言った。

「署長も現場から署に直行ですか？」

「いや、いったん帰宅したが、いろいろとやることがあるんで、早く出てきた。現場から直接やってきたのか？」

「ええ、捜査本部に参加させる人員をまだ考えてませんでしたから……」

「私もそのことが気になっていた。まだ時間はある。席にいるから、人選ができたらすぐに届けてくれ」

「わかりました」

竜崎は歩き出しかけて、ふと立ち止まり、言った。

「戸高は、不審火の件にえらく入れ込んでいるようだな」

「ええ。あいつ、小学生の頃に自宅が火事になったことがあるらしいんです」

「家族を亡《な》くしたのか？」

「いえ、幸い犠牲者は出なかったらしいですが、幼心に恐ろしい思いをした記憶が残っているんでしょう」

竜崎はうなずいた。

「戸高は、不審火の捜査に専念させようと思うが……」

関本は疲れた顔に笑みを浮かべた。

「私も同じことを考えていましたよ。あいつが本気になったら、いい仕事をします」

「いつも本気でいてくれないと困るのだがな……」

竜崎は、署長室に向かった。

席に戻ると、仕事の優先順位を決めることにした。今、竜崎が対処しなければならない事案をリストアップしていった。

まず、本日未明の火事を含む不審火の件。

本庁の交通捜査課が指揮を執るひき逃げ事件の捜査本部。

厚労省地方厚生局麻薬取締部の矢島がクレームをつけてきた件。

東大井の殺人事件は、管轄外だが、同じ方面本部内の事案だし、伊丹から相談を受けたこともあって、気にとめておく必要があるだろう。

さらに、忠典の件で電話した外務省の内山のことにも注意を払ったほうがいい。内山は、非公式な形で捜査情報を入手しようとするだろう。

どこの省庁にも警察には触れてほしくない事情がある。捜査情報を知っていれば、警察に余計なことをしゃべらなくて済むのだ。

紙に書きだしてみればそれだけで整理がついたような気分になってくる。さらに、優先順位をつけて並べてみると、やるべきことがはっきりとしてくる。

まず、最優先事項は、捜査本部の件だ。強行犯係の人選は、最初の捜査会議までに済ませておかなければならない。

竜崎も最初の捜査会議くらいは出席する必要があるだろう。そこで、交通捜査課の土門課長がさらに何かを要求してくるかもしれない。

どの程度受け入れるかは、その場で判断しなければならない。竜崎の中でガイドラインを決めておく必要がある。

強行犯係全員を捜査本部に投入するわけにはいかない。竜崎が捜査本部に常駐することもできない。それ以外のことなら、多少は目をつむってもいい。

次に重要なのは、不審火の件だ。刑事課では放火とほぼ断定したようだ。

こちらは、戸高の働きに期待しよう。勤務中に競艇に出かけるような男だが、やることはやる。実は捜査感覚は優れているという評判だ。問題は、勤務態度なのだが、今回はやる気まんまんの様子だ。

交通捜査課の土門は、放火の捜査に本庁の捜査員を回してもいいと言っていた。普通に考えれば、そちらを捜査本部に投入すればいいのだ。

だが、土門は大森署の強行犯係にこだわった。意地になっているだけかもしれないが、突っぱねるわけにもいかない。

そんなことで対立していたら、捜査がうまくいかなくなる。ひき逃げ犯を検挙することを第一に考えなくてはならない。

麻取りの矢島の件は、放っておくことにした。何か要求があれば、また言ってくるだろう。そのときにまた考えればいい。

東大井の殺人事件は、伊丹が仕切っている。これも、伊丹が何か言ってこない限り、放っておいていい。

外務省の内山については、もう一度こちらから連絡を取る必要がある。妻にもそうするように言われている。

忠典の安否を一刻も早く確認しなければならない。

内山は、また東大井の殺人事件について質問してくるだろうが、こたえる義務はない。こたえたくても、竜崎は捜査の状況を知らないのだ。

整理して考えてみると、まったくうろたえる必要などないことがわかってくる。こんなことなら、もう一時間くらい眠っておくんだった。

竜崎は、そんなことすら考えていた。

ノックの音が聞こえ、まだドアを閉めたままだったことに気づいた。

「どうぞ」

ドアが開いて、関本課長が入って来た。

「捜査本部に投入する人選を持ってきました」

「見せてくれ」

強行犯係から、六名を出すことになっている。本庁から来る人数がまだわからない。

本庁と大森署の人数のバランスはどうなるだろう。

関本課長が決めた六人という数は、ぎりぎりのところだろう。

「了解した。交通課からも人員を出すことになっているので、これで何とかなるだろう」

関本課長は、ほっとした顔になった。

疲れ果てている様子だ。未明に火事の現場に駆けつけ、そのまま署にやってきたのだ。これが警察官の生活だ。

「リストにある係員については、出勤してきたらすぐに捜査本部に行かせます」

関本が言ったので、竜崎はうなずいた。

「課長はどうするんだ？」

「私も捜査本部に顔を出しますよ。部下だけ送り込むというわけにはいかないでしょう」

「放火のほうは？」

「係長に任せます。頼りになる男ですよ」

強行犯係長の名前は小松茂《こまつしげる》。四十六歳の警部補だ。

「わかった」

竜崎はそれだけ言った。ねぎらいの言葉をかける必要はないと思った。関本は課長としての仕事をしているに過ぎない。

なぜかふと伊丹のことを思い出した。彼なら、必ず「ごくろう」の一声をかけるに違いない。それが伊丹らしさなのだ。真似《まね》をする必要はない。

関本が出て行くときに、竜崎は言った。

「ああ、ドアはいつものように開けっ放しにしておいてくれ」

それからしばらくして、斎藤警務課長が署長室に顔を出した。

「おはようございます」

「ああ……」

もうそんな時間かと、竜崎は時計を見た。八時半だった。

いつものとおり、ファイルが山ほど運び込まれ、会議用のテーブルの上に並べられる。

「今日は、ずいぶんお早かったようですね？」

おどおどしているように見える。斎藤課長は、いつもそうだが、今日は特に探るような眼をしている。

おそらく、署長より遅く出勤したことを気にしているのだろう。

「未明の火事の現場に行っていた。それで寝そびれてね。やることもたくさんあったので、早く出て来た」

「そうでしたか……」

まだとがめられることを恐れているような様子だ。「あの……。公用車の運転手が、署長はすでに出勤したとの連絡をしてきたもので……」

しまった。公用車のことをすっかり忘れていた。斎藤のおどおどした態度は、竜崎に言いたくもない苦情を言わなければならないからだったようだ。

「担当者に済まなかったと伝えてくれ」

「火事の現場に行かれるときは、公用車をお使いになったのですか？」

「使った」

「ならば、担当者も事情を斟酌《しんしゃく》してくれているものと思います」

結局、苦情ではなくなっている。斎藤はそういう男だ。

「君のほうも、かなり残業をしたのだろう。さっき見てきたが、すでに捜査本部の体裁が整っている」

「慣れておりますので、それほどのことはありませんでした」

「今後の段取りはどうなっている？」

「最初の捜査会議が九時から始まりますので、それまでには、本庁の方々もおみえになると思います」

「私も出席したほうがいいだろうな」

「もちろんです。署長がいらっしゃらないと始まりません」

そんなはずはない。おそらく最初の会議には本庁の部長も臨席するはずだ。交通捜査課の事案なので、交通部長が来るだろう。

そして、交通部長が捜査本部長になり、交通捜査課長が、本部主任として捜査を取り仕切ることになる。

署長などいてもいなくてもいいのだ。事実、二回目の会議以降は、部長や署長が臨席しないことが多い。

だが、ここで斎藤にそんなことを言ってもしかたがない。

「わかった」

竜崎は、いつもの押印を始めた。九時までにできるだけ書類を片づけておきたい。

「よお」

戸口で声がして顔を上げた。

伊丹が立っていた。

8

竜崎は伊丹の顔を見て、一瞬手を止めたが、また押印《おういん》を再開して言った。

「どうしておまえがここにいるんだ？」

「捜査本部だよ」

「ひき逃げのか？」

「それ以外に、大森署に捜査本部があるのか？」

素直に「そうだ」と言えないのだろうか。

「どうして、おまえが交通部の事案に首を突っこむんだ？」

「悪質なひき逃げだと聞いた。殺人事件も視野に入れなければならないというわけだ。つまり、刑事部も無関係ではいられないということだ」

「東大井の件はどうした？」

「そっちにも、もちろん顔を出すよ」

「かけ持ちか？」

「ひき逃げは交通部の事案だ。張り付いている必要はない。あくまでも東大井の殺人がメインだよ」

「九時からの会議までに、少しでも書類を片づけておきたいんだ」

「それは、俺に出て行けということか？」

「そうだ」

「まあ、そう言わずに、ちょっと付き合ってくれ」

「話なら捜査本部に移動してからいくらでもできるだろう」

「俺は会議に顔を出したらすぐに大井署の捜査本部に戻らなければならない」

竜崎は溜《た》め息をついた。

伊丹は言い出したら聞かない男だ。話を聞かない限り出ていこうとはしないだろう。

「何の話だ？」

「東大井の殺人事件だ。被害者が外務省の役人だったという話はしたよな」

「それがどうした？」

「公安が捜査を仕切りたがっているという話もした」

「だから何だ？」

「公安やマスコミを牽制《けんせい》するために、おまえのアドバイスどおり二十人規模の捜査本部を作った。だが、思うように捜査が進まない」

「そんなことを、俺に言われても困る。俺は二十人で捜査をしろと言ったわけじゃない。表向きは二十人にしておいて、必要なら随時人員を確保すればいいと言ったんだ。それに、少人数で捜査する前提条件として、パソコンのメールやＰＤＡ端末などの通信機器を活用することを挙げておいた」

「それはわかっている。だが、公安が、通信機器を使って捜査情報のやり取りをすることに猛反対しているんだ」

「漏洩《ろうえい》の恐れがあるということか」

「携帯電話、インターネット、メール……。すべて通信の安全を確保できるわけじゃないと、彼らは言っている」

「彼らは、普段から盗聴だの無線の傍受だのハッキングだのということを考えているから、そういうことを言い出すんだ。何のための通信網なんだ。それを利用することのメリットとデメリットを秤《はかり》にかけてみればいいんだ」

「そういうことなんだが……。今回の件は、公安の邪魔が入るだけじゃなくて、外務省という壁が立ちはだかっている。被害者は、中南米局南米課につとめていた。当然ながら、南米の情報に詳しく……」

「待て」

竜崎は顔を上げた。「その件については聞きたくない」

「なぜだ？」

「聞く必要がないからだ。隣の署の事案だ。俺には関係ない」

伊丹はかまわず続けた。

「実は、犯人像として、外国人が浮かんできている。被害者の勤務先から考えて、南米のどこかの国の人間の可能性が高いが……」

「聞きたくないと言っているだろう」

竜崎が語調を強めたので、伊丹はちょっと驚いた顔を向けた。

「どうしたんだ？　何か特別な理由でもあるのか？」

「理由なんてない。ただ聞きたくないだけだ」

「おまえらしくないな。それは理屈が通らない」

「理屈なら通っている。さっきも言ったが、大森署の担当じゃない」

「俺は、仕事を振っているわけじゃないんだ。話くらい聞いたっていいだろう」

竜崎は、伊丹の顔を見据えた。伊丹も負けずと見返してくる。視線をそらして、また溜め息をついた。

たしかに、俺の言い分には理屈などないと、竜崎は思った。伊丹が納得しないのもわかる。

言いたくはなかったが、事情を説明するしかないかもしれない。

「娘の知り合いが、カザフスタンで飛行機事故にあった恐れがある」

伊丹は、眉《まゆ》をひそめた。突然、話題が変わったからだろう。

「美紀ちゃんの知り合い？　誰のことだ？」

「三村忠典」

「三村って、たしかおまえが大阪府警にいたときの上司だよな」

「その息子だ」

「彼氏か？」

「まあ、そのようなものだ」

「カザフスタンで飛行機事故……？」

「落ちた飛行機に乗っていたかもしれないんだ。その安否を確かめたくて、外務省に電話をした。警察庁時代の知り合いがいたのでな……」

「それで、その人は無事だったのか？」

「まだ正確なことはわかっていない。問題は、事故について聞いた後だ」

「聞いた後……？」

「その外務省の知り合いは、こちらの電話を受けた直後に、事件のことを知ったようだ。捜査の様子について、知りたがっていた」

「まあ、当然の反応だな。殺されたのが、外務省の職員なのだからな」

「捜査情報を洩《も》らすわけにはいかない。第一、俺は、捜査について何も知らない。何も知らなければ情報の洩れようがない。だから、俺は東大井の事案については、何も知らないでいたほうがいいんだ」

伊丹は、しばらく考えていた。やがて、彼は言った。

「素人《しろうと》のようなことを言うじゃないか。おまえらしくもない。知っていてしゃべらない。あるいは、情報の一部を餌《えさ》として与えて、相手から何か聞き出す。そういうさじ加減こそが、警察官僚の真骨頂だろう」

「相手から何かを聞き出す必要など、俺にはない。俺が知りたいのは、カザフスタンでの飛行機事故の情報だけだ」

伊丹は、何事か考えながら言った。

「俺にはある」

「ある？　何がだ？」

「相手から何かを聞き出す必要が、だ」

「だったら、おまえが話せばいい」

伊丹はかぶりを振った。

「非公式なチャンネルがほしいんだ。外務省は、正面から質問に行っても、なかなか本当のことを全部話してくれようとはしない」

竜崎は驚いた。

「俺にスパイのような真似《まね》をしろということか？」

「人聞きが悪いな。せっかくのチャンネルだ。それを活《い》かして捜査に協力してくれと言ってるんだ」

「そんな義理はない」

「利用できるものは何でも利用する。それは、普段おまえが言っていることじゃないか」

「俺にはそんなことをやっている暇はない。今かかえている事案だけで精一杯だ。いいか、何度も言うが、東大井の件は、大井署とそっちの捜査本部の事案だ」

「乗りかかった船だろう。協力してくれ」

「俺は、おまえの船なんかには乗りかかってもいない」

「公安を牽制するだけで、かなりのエネルギーを消耗しているんだ。助けてくれてもいいじゃないか」

「おまえの仕事だ」

「おまえに、情報収集を要求するのも仕事の一環だよ。どんなことでもいいんだ。被害者についての情報がほしい」

「すでに調べはついているんだろう？」

「表向きの調べはな」

竜崎は、また判を押しはじめた。できれば、伊丹の言うことなど無視したい。

だが、冷静に考えれば、伊丹の言い分も理解できる。捜査に利用できるものは何でも利用する。それは、たしかに竜崎の考え方に合致する。

犯人は外国人かもしれないと、伊丹は言った。南米系の可能性があると……。

行きずりの犯行や、個人的な怨恨《えんこん》で殺されたわけではないということだろう。

「俺は、外務省の知り合いと腹の探り合いをするつもりはない。そんなことをしている暇もない」

「おまえならうまくやれる」

「うまくやれるかどうかなんて関係ない。やる気がないんだからな」

そこに斎藤警務課長がやってきた。

「あの……。そろそろ捜査会議の時間ですが……」

伊丹が言った。

「俺が大井署の捜査本部に戻る前に、具体的なことを詰めよう。じゃ、先に行ってるぞ」

伊丹が署長室を出て行った。

また懸案事項が一つ増えた。面倒な話だ。竜崎は、しかめ面《つら》のまま斎藤警務課長に言った。

「副署長を呼んでくれ」

「はい、ただいま……」

斎藤が出て行き、すぐに貝沼副署長がやってきた。

「お呼びですか？」

いつ見ても、まるでホテルマンのようにすっきりしている。

「私はこれから、ひき逃げの捜査本部に顔を出さなければならない。あとの書類を頼む」

副署長に署長印を渡すのは、本来は不正かもしれない。書類を悪用すれば、有印公文書偽造ということになりかねない。

だが、背に腹は代えられない。すべての書類に署長印が必要だというのは、いかにもお役所的な発想だ。もっと無駄は省けるはずだ。

職務をすべて満足にこなして、なおかつ全部の書類に押印《おういん》するとなると、署長の体は一つではとうてい足りない。

いったい、他の署の署長はどうやっているのだろう。一度、聞いてみたいものだと、竜崎は本気で思った。

何度かやっていることなので、副署長も心得たものだった。

「了解しました。あとのことはご安心ください」

貝沼は頼りになる男だ。あまり感情を表に出さないので、赴任してきた当初は、反感を持たれているのかと、竜崎は疑っていた。

だが、そうではないことが次第にわかってきた。貝沼は、何事においても控えめなのだ。それでいて、気配りを怠らない。そういう意味でもホテルマンのようだ。

竜崎は席を立って捜査本部が設置されている大会議室に向かった。

斎藤警務課長は、捜査本部の設営について「慣れておりますので」と言っていたが、すでに竜崎にとっても馴染《なじ》みの雰囲気だった。

長机が並べられ、ずらりと捜査員が着席している。本庁の連中が前のほうに陣取り、所轄《しょかつ》の捜査員は後ろのほうに固まっている。

これは、何も所轄に比べて本庁の捜査員が偉いというわけではない。お客を招く心遣いという意味合いが強い。

正面のひな壇には、制服姿の交通部長がいる。交通捜査課の土門は背広姿だった。

交通部長の隣に伊丹がいる。彼らは、ひそひそと密談をしていた。生真面目《きまじめ》な表情だが、どうせたいしたことは話してはいないのだと、竜崎は思った。

伊丹の隣の席があいている。そこが竜崎の席だった。

大森署からは、交通課長と刑事課長も臨席している。

席に着くと、伊丹が小声で話しかけて来た。

「さっきの件は、よろしく頼むぞ」

竜崎は、伊丹のほうを見ないで、顔をしかめた。

「まだ、やるとは言っていない」

「俺は今、頼りになる味方がほしいんだ」

「そっちの問題はそっちで片づけてくれ」

交通捜査課の理事官が司会進行役だった。理事官の名前は、小田栄一《おだえいいち》。白髪混じりだ。五十歳を過ぎているだろう。見るからに、真面目そうな人物だ。

管理官が何人か来ているが、おそらく交通部と捜査一課の両方から来ているはずだ。捜査一課長は来ていない。交通捜査課の土門課長がこの捜査本部を仕切るということを強調した形になっている。

小田理事官が捜査会議の開始を告げた。

捜査幹部の紹介から始まり、交通部長の一言があった。具体的な指示ではない。捜査員たちを鼓舞するような言葉に終始した。

続いて伊丹が発言を求められたが、伊丹は一言「よろしく頼む」と言っただけだった。竜崎は発言しろとは言われなかった。

それから、事故の状況の詳しい説明があった。竜崎が知っている以上のことは報告されないだろうと思っていた。最初の捜査会議というのは、初動捜査の確認が主だ。

現場は、大森北三丁目、「八幡通《やわたどお》り入口」信号付近。被害者を轢《ひ》いた車はすぐに角を曲がり逃走した。

目撃者が複数いたが、ナンバーを確認した者は一人もいなかった。当該車両は、黒っぽいセダンだったという。ナンバーがわからないので、Nシステムも使えない。

緊急配備は空振りに終わった。逃走した車両は、まだ見つかっていない。

被害者は、六十二歳の無職の男性。氏名は、八田道夫《はったみちお》。

報告していた担当者が、言った。

「なお、八田道夫さんは、死亡時は無職でしたが、かつて外務省につとめていたことが確認されています。キャリアのOBです。退職時の部署は、広報文化交流部の文化交流課。在ブラジル日本大使館に赴任した経歴があります」

その報告に、竜崎は驚いた。

隣にいる伊丹に、そっと言った。

「おまえ、知っていたのか？」

「いや、初耳だよ」

本当だろうか。なんだか、伊丹の振る舞いがとたんに小賢《こざか》しく思えてきた。

それから、竜崎は、外務省の内山のことを考えた。東大井の件だけなら伊丹の要求を突っぱねることもできる。

だが、ひき逃げの被害者も、元外務官僚だったとなると、引っ込みがつかなくなるかもしれない。

おそらく内山のほうからも、東大井の殺人とひき逃げの両方の捜査情報を聞き出そうと連絡があるだろう。

初動捜査に関する報告が終わった。交通鑑識の報告があるが、こちらはまだ分析が終わっていないという旨《むね》の報告が多かった。

交通鑑識の報告で、唯一《ゆいいつ》参考になったのは、ブレーキ跡が一切なかったということだった。これは、土門課長も言っていたことだが、殺意を物語っているかもしれない。

土門課長もその点を重要視しているようだ。

最悪の場合、元外務官僚を狙《ねら》った殺人事件ということもあり得る。

交通部長が言った。

「被害者は、外務省の元キャリア……。それで、無職か。どこかに天下りしていてもおかしくはないのだがな……」

伊丹がそれにこたえる。

「退職金で悠々自適ということも考えられる」

「外務省のキャリア官僚が、それで満足するか」

「人それぞれだろう」

竜崎は、二人の会話について考えた。

たしかに、外務省のキャリアＯＢなら、定年後再就職することは簡単だろう。だが、被害者は無職だった。

そこに何か意味があるのだろうか……。

土門課長が、小田理事官に発言を求めた。小田が発言を促す。

「本格的な捜査に入る前に、本部の態勢について少々意見を言いたい。本件捜査に当たり、本庁からは、交通捜査課、交通鑑識課、および捜査一課強行犯担当の係から人員が来ている。総勢で、三十五人だ。一方、大森署は、交通課十名、刑事課強行犯係六名。計十六名だ。これでは、捜査員のバランスが取れない。所轄の人員を増強してもらう必要があると思う」

来たな……。

竜崎は思った。たしかに人員のバランスは取れていない。だが、所轄署としては、これで精一杯なのだ。

さらに、土門の言葉が続いた。

「大森署からは、さらに二十名の捜査員を本部に投入していただきたいと思うが、どうだろう」

交通部長が、追い討ちをかけるように言った。

「そうだな。特に交通課の事案というのは、地域のことに詳しい者が必要だ。所轄の役割は大きい」

小田理事官が、竜崎に発言を求めた。

「署長、その点はどうでしょう？」

竜崎は、またしても苦境に立たされた。

さらに二十人の人員を割けというのは、無茶な話だ。土門はそれを承知で発言したに違いない。

竜崎がどうこたえるか、興味津々《しんしん》のはずだ。ここで、困り果てた態度を見せれば、土門は大喜びのはずだ。

何も土門を喜ばせることはない。

「本庁が三十五人、そしてわが署が十六人。たしかに数字だけ見れば、バランスが悪いように思えますが、重要なのは、実際の捜査をどう進めるか、だと思います」

土門が質問する。

「実際の捜査をどう進めるか……。それはどういうことですか？」

「土門課長は、土地鑑があり、捜査感覚に優れた者を必要としていると言われました。強行犯係六名は、その条件を満たしていると思います。さらに、わが署の交通課の係員は、強行犯係以上に土地鑑があります」

「おっしゃることはごもっともです。しかし、私は人数のことを申しあげているのです。ご存じのとおり、捜査本部では、所轄の捜査員と本庁の捜査員を組ませて仕事をさせるのが一般的です」

「ですから、数字だけを見ていてはいけないと言っているのです。本庁の三十五人の中には、交通鑑識六名が含まれています。交通鑑識の方々の役割は、他の捜査員とは違うはずです。つまり、地取り、鑑取りなどの聞き込み捜査に携わることはないはずです」

土門は、一瞬たじろいだ顔をした。だが、すぐに気を取り直したように言う。

「それでも、二十九人対十六人です。十名の補強はお願いしたい」

要求がトーンダウンした。竜崎は言った。

「本庁の二十九名のうち、さらに十五名は交通捜査課の捜査員です。交通部の係員の方に所轄の道案内が必要ですか？」

土門は、言葉を探していた。竜崎は言った。

「本件はひき逃げ事件ですから、現場での捜査も重要ですが、さらに犯人の逃走路についての捜査も重要になってくるはずです。大森署管内だけの問題ではありません。交通捜査課の方々は、都内の道には精通なさっているはずです」

土門はこたえない。

そのとき、伊丹が言った。

「俺は今の態勢でいいと思うよ。所轄に負担ばかり強いても仕方がない」

その一言で決まりだった。

会議は、管理官たちによる具体的な指示に移っていった。

竜崎は伊丹に言った。

「おまえが援護してくれるとはな……」

伊丹がにっと笑った。

「一つ貸しができた。そうだろう？」

9

捜査会議は、一時間ほどで終わった。捜査員を班分けした後、土門交通捜査課長から具体的な指示があった。

まずは目撃情報の収集だ。捜査員たちが現場付近を歩き回る。最も基本的な捜査だ。だが、それが重要なのだ。

通信システムや情報機器の発達、科学捜査の進歩は著しいが、それは昔ながらの基本的な捜査を補助するものでしかない。

犯罪捜査は、今でも靴の底をすり減らす刑事たちの地道な努力に支えられている。

さらに土門課長は、現場付近の防犯カメラの映像をすべてチェックするように命じた。最近では、いたるところに防犯カメラが設置されている。

人権にうるさい人々は、プライバシーの侵害だと騒いでいるが、防犯という見地から言うと、ビデオカメラは実に有効だ。

人権か安全か、どちらかを選択しなければならない。何もせずに両方手に入ると思うのは、あまりに都合がいい。

「じゃあ、俺は大井署のほうに顔を出す」

伊丹がそう言って、立ち上がった。

「待て」

竜崎は言った。「これは偶然なのか？」

「偶然？　何のことだ？」

「被害者が、外務官僚だった」

伊丹はかぶりを振った。

「どうかな……。東大井の被害者は、現職の役人だが、こっちの件では元外務官僚だ。それに、まだ捜査は始まったばかりで、両方の件の関連を疑う要素は何もない」

「こっちの被害者が、元外務官僚だということを、本当に知らなかったのか？」

「知るわけないだろう」

「おまえは、刑事部長だ。いろいろな情報がおまえのもとに集約されてくるはずだ」

「この事案は、交通部仕切りだよ」

伊丹は、すでに席を立って部屋の出入り口付近で、土門課長と何やら話をしている交通部長を、ちらりと見た。そして、言葉を続けた。「こっちの事案でも外務省が絡《から》んできた。おまえのチャンネルがますます活《い》きてくることになるな」

「だから、まだやるとは言っていない」

「そんなことを言っている場合じゃないだろう」

「おまえにとっては必要かもしれないが、俺には外務官僚とのチャンネルなど必要ない」

「美紀ちゃんの彼氏の件があるじゃないか」

竜崎はふと考え込んだ。

妻の冴子にも、もう一度連絡を取るように言われている。電話しないわけにはいかないだろう。

だが、電話をすれば、当然、東大井の件を質問される。いずれ、ひき逃げ事件の被害者が、外務省ＯＢだということも、内山の耳に入るだろう。

そうなれば、内山はますます竜崎から情報を聞き出そうとするに違いない。非公式なチャンネルを利用するのは、向こうのほうで、こちらではない。

竜崎は、それを伊丹にはっきりと伝えたかった。

伊丹は、竜崎に背を向けたまま手を振ると、出入り口に向かった。交通部長の前を通るときに、笑顔で言葉を交わした。

伊丹は敵を作らない。それは彼のいいところでもあるし、悪いところでもある。無《む》闇《やみ》に敵を作る必要はない。だが、警察官僚なのだから、事なかれ主義はいけない。

まあ、いずれにしろ、内山には電話をしなければならない。忠典の安否を確認しなければならないのだ。

もしかしたら、外務省よりも忠典が勤めている商社のほうが情報は早いかもしれない。だが、やはり、民間よりも役所のほうが確実だと、竜崎は思った。

時計を見ると、十時十五分だった。竜崎は、署長室に戻ろうと思った。他の事案のことも考えなければならない。

ひき逃げ事件は、本庁の交通捜査課が主導だ。だが、放火事件などは、大森署の事案なのだ。

交通部長と土門課長は、まだ出入り口付近で話をしていた。当然、その前を通ることになる。

竜崎は、軽く会釈《えしやく》をして通り過ぎようとした。

土門課長が声をかけてきた。

「署長、どちらへ……？」

「部屋に戻ります。他にも、いろいろとやらなければならないことがあるので……」

「このひき逃げは重要な事案です」

土門課長が言った。

だから何だ。

竜崎は思った。重要でない事案などあるのか。警察署が抱える事案は、どれもこれも重要なものばかりだ。

「わかっています」

竜崎は言った。「だからこそ、捜査本部ができたのでしょう」

「ならば、署長にもできるだけ捜査本部に詰めていていただきたい」

土門課長は、ことごとく俺に嫌がらせをしたいらしい。

竜崎はそう思った。

「なぜです？」

「なぜって……。捜査本部長が交通部長、副本部長が伊丹刑事部長と、竜崎署長じゃないですか？」

「それはあくまで名目でしょう」

竜崎が言うと、交通部長がちょっと不満げな顔をした。

「何でも名目と決めつけちゃいけない。そんなことを言ったら、捜査本部長自体の意味がないじゃないか」

交通部長の名前は、柿本致《かきもといたる》。たしか、竜崎たちより一期下のキャリアで、階級は、竜崎と同じ警視長だ。

竜崎は平然と言い返した。

「部長が陣頭指揮を執らない限り、意味はないと思いますよ」

この言葉に、柿本交通部長はひどく驚いた様子だった。

所轄《しょかつ》の署長ごときが、警視庁の部長に臆《おく》することもなく反論したのに驚いたのだろう。

「それはそうだが、本部の部長というのは、一つの事案に専念できるほど時間の余裕がないんだ」

「それは警察署長も同じですよ。署長は、一つの捜査本部に詰めているよりも、署長室にいたほうがよほど多くの仕事ができるのです。警察トータルで見れば、部長や警察署長が捜査本部に常駐する意味はあまりありません」

柿本交通部長の表情が徐々に厳しくなってきた。所轄の署長がずけずけと意見を言うことが不愉快なのに違いない。

役職や階級でしかものを考えられない人は、どこにでもいる。

柿本部長が言った。

「おもしろい意見だ。だが、一警察署の署長が言うことではない。言葉を慎みなさい」

「言いたくて言っているのではありませんよ。本庁交通部の無理強いにはうんざりしているんです」

柿本部長の機嫌がさらに悪くなった。

「無理強いとはどういうことだ？」

「捜査本部のために、わが署では場所を提供し、多くの人材を割いています。貴重な強行犯係の捜査員まで差し出しているのです」

「所轄署が警察本部の命令に従うのは当然のことじゃないか」

「もちろんそうです。ですから、大森署は、土門交通捜査課長の言うとおりに、場所を提供し、人員を確保しました。だが、土門課長はそれでも不足だとおっしゃる。これは、所轄署にとってみれば、無理強いとしか言いようがありません」

「所轄は、方面本部や本部の言うとおりに動いていればいいんだ」

「その考えは、ちょっと聞くと合理的に思えます。上意下達《じょういかたつ》が徹底されれば、警察組織は今以上に円滑に効率よく動けると勘違いされている幹部も少なくない。しかし、捜査や取締というのは、地域の実情を充分に把握してはじめて可能なのです。地域ごとの事情がわかっていないと、捜査も取締もうまくいきません」

「誰にものを言ってるんだ。私は本庁の部長だぞ」

竜崎はうんざりした。

こんなやつの相手をしているのは、時間の無駄でしかない。無視して署長室に向かうこともできた。

だが、このまま放っておいたら、土門課長だけでなく、柿本部長からも圧力をかけられるかもしれない。

土門課長は、間違いなく柿本部長の権威を利用しようとするだろう。自分には、竜崎に対して命令する権限はなくても、部長にはあると、土門は考えるに違いない。

やりたくはないが、ここは柿本部長に釘《くぎ》を刺しておかなければならない。

「そちらこそ、誰にものを言ってるんです。あなたは、私より一期下でしょう？」

柿本は怪訝《けげん》な顔になった。

「一期下……？　どういうことだ？」

「あなたは、さっきここにいた伊丹部長の一期下ですね？」

「そうだが……」

「私は、伊丹と同期です」

柿本は、ぽかんとした顔になった。

「そういえば、伊丹さんに対する口のきき方が、ずいぶんぞんざいだと思っていた……。だが、同期というのはいったい……」

土門課長が慌《あわ》てた様子で、小声で何事か囁《ささや》いた。

柿本はさらに驚いた顔で言った。

「え……。警察庁の長官官房から……？　何だ、それは？」

「いろいろありましてね……」

竜崎は言った。「まあ、降格人事ということですが、階級は警視長のままですよ」

「私より一期上で警視長……」

柿本部長は、不思議そうな顔になった。「まさかそんな方が所轄におられるとは……」

たちまち言葉づかいが変わっていた。

「キャリアなら当然、先輩や後輩のことをよく知っているものと思っていましたが……」

柿本は思い出したように言った。

「そういえば、そんな話を聞いたことがあります。ご家族の不祥事で……」

竜崎は何も言わなかった。

柿本はさらに言った。

「そうでしたか、あなただったのですか……。私は、昨年度まで熊本県警本部におり、この四月に警視庁にやってきたばかりでして……」

「そうですか」

柿本の経歴など、興味はなかった。

「現職警察官の犯罪を隠蔽《いんぺい》しようとする警察上層部に真っ向から斬《き》り込んで行かれた……」

「そんな大げさなものではありません。原理原則に照らして間違っているものに対しては、そのことをはっきり言う。ただそれだけです」

「ご家族の不祥事も、もみ消そうとはなさらなかった……」

「事実のもみ消しは、決していい結果を生みませんからね」

「原理原則に照らして間違っているものに対しては、そのことをはっきり言うと……？」

「そうです」

「では、土門があなたに言ったことは、間違いだということですか？」

「原則としては間違っていません。しかし、実情を斟酌《しんしゃく》していないと思います。たしかに、ひき逃げは重大な犯罪ですし、今回の事案は特に悪質なものでしょう。しかし、わが署の強行犯係も、重要な事案を抱えているのです。私は、そちらにも目配りをしなければなりません」

「大森署の強行犯係が抱えている重要な事案というのは何です？」

「放火犯です」

柿本は考え込んだ。

「なるほど。わかりました。今回はそちらの言い分を吞《の》むことにしましょう」

今回は、だと。

思わず竜崎は追及しそうになったが、やめておいた。ようやく放免してくれるというのだ。わざわざ話を長引かせることはない。

「では、これで失礼します」

竜崎は、柿本にそう言っておいてから、土門課長を見た。「署長室におりますので、何かあったら、連絡をください」

土門は、鼻白《はなじろ》んだような顔をしていた。彼が返事をする前に、竜崎は背中を向けて、捜査本部になっている大会議室を出た。

ぞろぞろとついてくるマスコミ各社の記者たちを、なんとかいなして、署長室に入ったのが、十一時十五分前だった。

貝沼副署長が、会議用のテーブルに向かって、書類に署長印を押していた。

「かなりはかどったようだな?」

「どうしても署長の決裁が必要だと思われるものは、こちらによけてあります」

「わかった。ごくろうだった」

そう言うと、貝沼は立ち上がり、竜崎の机に丁寧に署長印を戻した。そして、一礼して署長室を出て行った。

面倒なことは、なるべく午前中に済ませておきたい。竜崎は、外務省の内山に電話してみることにした。

その前に、美紀に連絡して、まだ忠典の安否が確認できないかどうか聞いておかなければならない。

自分の携帯電話から、美紀の携帯電話にかけた。呼び出し音七回まで待たされた。切ろうかと思ったとき、回線がつながって美紀の声が聞こえてきた。

「お父さん?」

「忠典君とは、まだ連絡が取れないか?」

「まだよ」

「そうか。外務省に、もう一度問い合わせてみようと思ってな……」

「ありがとう。何かわかったら教えて」

「ああ、すぐに知らせる」

竜崎は電話を切った。机上の電話の受話器を取り、外務省の内山にかけた。

「ああ、竜崎さん。お電話お待ちしておりました」

「トランスアエロの件で、何かわかったのですか？」

「現地の日本大使館から正式に返答がありました。やはり、事故にあった便には、日本人の乗客はいませんでした」

「確かですか？」

「大使館の発表ですから、間違いないと思います」

「旅行者だけを対象にしていて、現地に駐在しているビジネスマンのことを忘れているというようなことはありませんか？」

「そういうことはあり得ないと思います」

内山は、ちょっとむっとした声になった。外務官僚としてのプライドのせいだろう。

竜崎は、別に気にしなかった。

「確認してみただけです。その便に日本人が乗っていないというのは、確実なことなのですね？」

「確実です」

「では、どうして娘は友人と連絡が取れないのでしょう？」

「さあ、それは我々にはわかりかねますね。何か事情がおありなのでしょう。我々に言えるのは、墜落したトランスアエロの便には、日本人の乗客はいなかったということです」

「外国人がチケットを買って、娘の友人が飛行機に乗ったということは考えられませんか？」

ちょっと間があった。内山は考えているのだろう。しばらくして、彼は言った。

「旧ソ連圏内を飛行する便とはいえ、いちおう国際便ですからね。搭乗時にはパスポートを確認するはずです。旧ソ連圏だからこそ、そうした手続きにはうるさいはずです」

「では、外国人名のチケットで、日本人が搭乗することはあり得ないということですね？」

「そう考えていいでしょう。娘さんがご友人と連絡が取れないのは、飛行機事故とは別の理由があるのだと思います」

「娘にそう伝えてやります。ありがとうございました」

竜崎はそう言って電話を切ろうとした。だが、やはり内山はそれを許してはくれなかった。

「東大井で起きた事件ですが、その後は、何かわかりましたか？」

「まだ、詳しいことは何も……。第一、私のところには情報が入ってこないのです。私は所轄《しょかつ》の署長に過ぎません。そして、東大井は管轄外なんです」

「だが、同じ第二方面本部の管轄ですよね？」

「刑事事案は、方面本部ごとではなく、所轄ごとに担当するのが普通です。だから、同じ第二方面本部の管轄内で事件が起きたからといって、直接の関わりはないのです」

「どんなことでもいいのです。教えてください。娘さんのお気持ちはおわかりですよね？」

「娘の気持ち……？」

「そう。娘さんは、お友達が墜落した飛行機に乗っていたのではないかと心配されているのでしょう？　あなたは、そのお気持ちを察して、私のところに電話をかけてこられた。私も同じ気持ちです。外務省の同僚が殺された。どんなことでもいいから知りたいと思うのが人情というものです。それは、わかっていただけますよね？」

過去に一度だけしか会ったことはないが、内山が人情などとは、およそ縁のない人間であることは明らかだった。

彼は、竜崎の良識に訴えようとしているのだ。

「お気持ちはお察しいたします」

竜崎は淡々と言った。「しかし、管轄外の捜査情報というのは、知りたくてもなかなか知ることができないのです」

「普通ならそうかもしれませんね」

その言葉が、ちょっと意味ありげだったので、竜崎は警戒した。

「私はいたって普通の警察署長ですよ」

「キャリアの警視長が普通の警察署長とは思えませんね。それだけじゃない。警視庁の刑事部長と同期で、しかも幼なじみでいらっしゃる」

ほう、こいつは俺のことを調べたようだな。

竜崎は、心の中でつぶやいていた。

内山の現在の部署は、第三国際情報官室といったか……。情報畑の人間だから、竜崎のことを洗うくらい、どうということはないだろう。

「そこまでご存じなら、私が降格人事を食らった、ということもご存じなのではないですか？」

「ええ、その経緯も存じております」

「ならばおわかりでしょう。降格人事を食らうほど無能な人間です。そんな者のところに、情報が集まってくるはずがありません」

「嘘《うそ》をついてはいけません」

「嘘？」

「あなたは、無能だから降格されたわけではないでしょう」

やりにくい相手だ。

竜崎はそう思った。

階級や権威を笠《かさ》に着て高飛車にものを言ってくる相手は御しやすい。だが、内山のように、事前に下調べをするような周到な男は、敵に回すとやっかいだ。

「とにかく……」

竜崎は言った。「私のところには、捜査情報は流れてきません」

「刑事部長とも、その件でお話しされたことはないのですか？」

「話す必要がありませんからね」

「犯人の目星はついていないのでしょうか？」

「私は知りません」

「何か手がかりのようなものは見つかっていないのですか？」

こちらが、何も知らないと言っているのに、質問の手を緩めようとしない。プロだなと、竜崎は思った。

警察官も尋問に関してはプロだ。尋問の専門家は、絶対に相手の都合に合わせたりはしない。

最初に内山に会ったときは、ちょっと線の細い印象があった。あれからいろいろと学び、さまざまな苦労を経たのだろう。

男子三日会わざれば刮目《かつもく》して見よ、という言葉がある。三国志「呉書」にある「士別三日、即更刮目相待（士、別れて三日なれば、すなわちさらに刮目して相待つべし）」から来ている言葉だが、まさに競争に明け暮れるキャリア官僚の世界では、三日あればいろいろなことが変わってしまうかもしれない。

内山も、初めて会ったときとはずいぶんと変わったのだろう。

情報提供のさじ加減が、警察官僚の腕の見せ所だというようなことを、伊丹が言っていた気がする。

だが、外務省の情報のプロに対して、それが通用するだろうか。ちょっと訝《いぶか》りながら、竜崎は言った。

「もしかしたら、生前のお仕事が、殺害に何か関係があるかもしれません」

「生前の仕事……？　南米課の仕事が、ですか？」

「これ以上のことは、申し上げられません。すいませんが、トランスアエロ機のことを、娘に知らせてやりたいんですが……」

「そうでしたね……」

内山は言った。「また連絡させていただきます」

電話が切れた。

面倒な相手だ。まあ、そもそもは俺のほうから電話をしたんだから自業自得《じごうじとく》かもしれない、と竜崎は思った。

トランスアエロ機のことが片付いたら、二度と連絡を取りたくない。

だが、伊丹は内山との非公式のチャンネルが必要だと言う。ならば、伊丹と内山に、直接連絡を取らせようか。それが一番いい方法のような気がした。

10

携帯電話で美紀にかけた。

「大使館で把握したところによると、墜落した便にはやはり、日本人は乗っていなかったそうだ」

「外国人の名前でチケットを取ったんじゃないかしら……」

「それも外務省の人間に尋ねてみたが、国際便なので、そういうことはないだろうという回答だった。忠典君と連絡が取れないのは、墜落とは別の理由だろうと、外務省の人が言うんだが、何か他に心当たりはあるか？」

「心当たりなんて、ないわ」

「これまでは、普通に連絡が取れていたのか？」

「そうね……」

「どういう形で連絡を取っていたんだ？」

「メールね」

「パソコンのメールか？　それとも携帯電話のメールか？」

「パソコンのメールだったわ」

「事故以来返信がないということだな？」

「ええ……」

「事故の前は、すぐに返信があったんだな？」

「まあね……」

「まあねって、どういうことだ？」

「実は、そんなに頻繁にメールをやり取りしていたわけじゃないの。私も向こうも忙しかったから……。時差もあるから、すぐに返信があるというわけじゃなかった。三日後に返信なんてことはざらだったし、こちらも、似たようなものだったの……」

「電話はしなかったのか？」

「電話はあまりしたことはなかったわね。国際電話だからお金かかるし……」

「付き合っているんじゃなかったのか？」

「遠距離ですからね。実は、ちゃんと付き合っているかどうか、微妙なところかもしれない」

「事故のことを知って、すぐに連絡を取ろうとしたんだな？」

「ええ、すぐにメールしたし、ケータイに電話もしたわ」

「だが……」

竜崎は、一言一言確認するように言った。「事故からまだ二日も経《た》っていない。二、三日メールの返事が来ないことは珍しいことではない。そうだな？」

「そうだけど……」

「つまり、おまえは忠典君と連絡が取れないと言っているが、実はそれは珍しいことではないということなんだな？」

「でも……」

美紀は言った。「事故のことがあったから、ものすごく心配して、何度もメールしたし、今回は電話もかけてみた。たしかに飛行機が落ちた日にモスクワに行く予定だと言っていたのよ」

竜崎は、ふと、内山の言ったことを思い出していた。

「飛行機の墜落以外で、忠典君から返信がない理由を、おまえは何か思いつかないか？」

二人の関係が冷えてしまったというようなことを想像したのだ。忠典が、美紀のメールを見ていて返信をしない可能性だってある。

美紀の声が聞こえてきた。

「思いつかない……」

日に一本しかないトランスアエロ便でモスクワに向かう予定だった。その便が墜落した。

美紀が慌《あわ》てふためくのもわからないではない。

もし、無事だとしたら、なぜ忠典は連絡をよこさないのだろう。

竜崎は言った。

「外務省では、墜落した便に日本人は乗っていなかったと言っている。これは、かなり確実な情報だと思う。忠典君からの連絡を待ってみてくれ」

「わかった」

「連絡があったら、すぐに知らせてくれ」

「うん」

「じゃあな」

竜崎は電話を切った。

すっかり美紀に振り回されていた。冷静に話を聞いてみれば、それほど大げさなことではなかったのかもしれない。

たしかに忠典が、その日モスクワに発《た》つと言っていたのは気になるが、予定が変更になった可能性もある。

冴子から電話がかかってきたときは、すっかり忠典が事故にあったものと思い込んでしまった。

だが、大使館からの報告では、墜落した機には日本人は乗っていなかったというし、美紀が忠典と二、三日連絡が取れないのは、むしろ普通のことのようだ。

何事も予断は禁物ということだ。

忠典のことは、それほど気にすることはなさそうだと判断した。だが、頭の中にある優先順位のリストから外すわけにはいかない。

今や忠典の件というより内山が問題だった。彼は明らかに情報源として竜崎を利用しようとしている。伊丹は、それを逆手に取って利用しろと言っているのだ。

忠典がきっかけになって、えらく面倒なやつとつながりができてしまった。内山は手強《てごわ》い。

その内山と腹の探り合いをしろと言っている伊丹に腹が立った。

チャンネルが必要だというのなら、自分が交渉すればいいんだ。

竜崎はそんなことを思いながら、伊丹の携帯電話にかけた。

「はい、伊丹」

「外務省にかけてみた」

「なんだ、機嫌が悪そうだな」

「そうかもしれない」

「事故のほうは、どうなんだ？」

「現地の大使館からの知らせだと、墜落した機に日本人は乗っていなかったそうだ」

「そうか。そいつはよかったな」

「まだ、本人と連絡が取れていないんだが、墜落とは別な理由があるのかもしれない」

「まだ連絡が取れていない。それはちょっと気がかりだな……」

本当に気がかりだと思っているのだろうか。伊丹は、どうも口だけのところがある。

「やはり、殺人事件のことを尋ねられた」

「それで……？」

関心が一気に高まったのが声でわかる。現金なやつだ。

「捜査情報は、俺のところには入らないとこたえた」

「相手は何と言った？」

「俺のことをいろいろ調べていた。おまえと同期だから、事件について話をするんじゃないかと言っていた。俺は否定したがね……」

「おまえのことを調べたということは、関心を持ったということだろう。それはいい兆候だ」

「おまえにとってはいい兆候かもしれないが、俺にとっては迷惑な話だ」

「被害者について、何か聞き出せたか？」

「だから、何か聞きたいんだったら、おまえが連絡すればいいと言ってるんだ。相手の名前は内山昭之。第三国際情報官室という部署にいる」

「刑事部長の俺が連絡したら、警戒しちまうだろう。それじゃ元も子もないんだ。あくまで、非公式な関係が望ましい」

「俺がおまえのためにスパイのような真似《まね》をする義理はない」

「交通捜査課長の要求を断るのに、助け船を出してやったじゃないか」

「そういう恩着せがましい言い方は、逆効果だ」

「頼むよ。こっちは公安との駆け引きでいっぱいいっぱいなんだよ」

「駆け引きなんてやってないで、無視すればいいだろう。殺人の捜査は刑事部の仕事なんだ。公安が何を言ってこようが、気にしなければいい」

「それができるなら、とっくにやっているよ」

「どうしてできないんだ？　公安は、殺人事件の捜査など専門ではない。刑事はその道のプロじゃないか」

「だから、被害者の素性が問題なんだよ。国家公務員が外国人に殺害されたとなれば、公安としては黙っていられないんだろう」

「誰が誰を殺したって、警察官は黙ってはいられないんだ。かまわず、刑事は刑事の仕事をすればいい」

「おまえなら、本当に公安を無視できるかもしれないな。こっちに来て、捜査本部の指揮を執ってもらいたいよ」

「冗談じゃない。これ以上、面倒なことに巻き込まないでくれ」

「本当にこっちに来てくれと言ってるわけじゃない。言葉のアヤってやつだ」

「内山は、外国人の犯行の可能性があることに、気づいたと思う」

突然、話題を変えたので、伊丹は戸惑った様子だった。

「何だって……」

「南米系の外国人の仕業かもしれないと言ってただろう」

「おまえは、それを洩《も》らしたというのか？」

「正確には、こう言ったんだ。生前の仕事が、殺害に何か関係があるかもしれない、と……」

「微妙だな……」

「内山は、おそらくぴんと来たはずだ」

「それ以外はしゃべっていないんだな？」

「何も知らないんだからな」

「こちらから餌《えさ》を与えた。今度は、こちらが何かを聞き出す番だな」

「だから、そういう駆け引きが好きなら、おまえが自分でやればいいんだ」

「どんなことでもいい。聞き出してくれ。じゃあ、頼んだぞ」

電話が切れた。

また溜《た》め息をついていた。

竜崎は、受話器を置くと、判押しを始めた。今のうちに、山となっている書類を少しでも片づけておきたい。まだ昼前だが、ひどく疲れていた。

昨夜はほとんど寝ていないのだから仕方がない。単調な判押しを続けていると、だんだん眠くなってくる。署長室のドアは、いつものとおり開け放っている。

居眠りをしているところなど、誰かに見られたらまずいことになる。そんなことを思っていると、戸口付近で何やら言い合っている声が聞こえてきた。

竜崎は手を止めて、声を上げた。

「何事だ？」

顔を出したのは、斎藤警務課長だった。

「いえ、何でもありません……」

斎藤課長を押しのけるように、戸高が姿を見せた。

「話があるんです」

斎藤警務課長が戸高に言った。

「おまえは、署長に直接話をできる立場か？」

「課長に言っても埒《らち》が明かないんですよ」

「だからって……」

竜崎は言った。

「話というのは何だ？」

斎藤が竜崎を見た。竜崎は言った。

「いいんだ。話を聞こう」

戸高は、勝ち誇ったような顔を斎藤課長に向けた。斎藤は署長室を出て行った。

「あんなに、捜査本部に係員を持って行かれちゃ、捜査にならないんですがね……」

「本庁の交通捜査課からの要求なんだ。悪質なひき逃げが管内で起きたのだから、仕方がない」

「アカイヌのほうが先なんです。優先してもらわなきゃ」

「先とか後とかの問題じゃないだろう」

「とにかくね、人手が少なくて捜査にならないと言ってるんです」

「捜査本部ができたんだ。その事案を優先せざるを得ない」

「冗談じゃない。放火は重罪ですよ」

「悪質なひき逃げなんだ。殺人も視野に入れているので、強行犯係が引っぱられた」

そこに、関本刑事課長が駆けつけた。

戸高を見て目を丸くして言った。

「おまえ、ここで何をやってるんだ?」

斎藤が知らせたな。竜崎は思った。

戸高は、ふてくされたような表情になった。

「捜査本部に人を取られちまって、仕事にならないと、署長に言いに来たんですよ」

「ばかなことを……」

関本は竜崎に言った。「申し訳ありません。後できつく言っておきますので……」

「まあ、待て」

竜崎は言った。「仕事にならないというのは、本当のことなのか?」

「こいつは大げさなだけです」

「大げさじゃないですよ」

戸高が言った。「火付けっていうのは、目撃情報が頼りなんです。つまり、聞き込みが勝負ということなんですよ。これからってときに、人を減らされたんじゃ、やってられません」

竜崎はうなずいて、関本課長と戸高に言った。

「わかった。いっしょに来てくれ」

竜崎は二人を連れて、捜査本部が設置されている大会議室に戻った。すでに柿本交通部長の姿はなかった。

ひな壇には、土門交通捜査課長がいた。管理官たちとしきりに何事かやり取りをしている。

捜査本部は活発に稼働《かどう》している。

竜崎は、土門課長に近づいて言った。

「うちの強行犯係を差し出す代わりに、本庁の捜査一課捜査員を貸してくれるという話でしたよね」

土門課長は驚いた表情で竜崎を見た。それから、竜崎の背後にいる関本と戸高に眼をやった。

「何の話です？」

「捜査本部に、うちの強行犯係の人員を出すのは無理だと、私が言ったとき、課長がそうこたえたのです」

「そうでしたっけ……」

白を切るつもりかもしれないが、それを許すわけにはいかない。

「ここにいるのは、大森署の刑事組対課長と強行犯係の係員です。彼らは、今のままでは捜査に支障を来《きた》すと言っています。約束は守っていただきます」

土門課長は、苦い顔をした。

「こちらも、一人でも多くの捜査員がほしいんです。それに、捜査一課の捜査員をそちらに派遣するとなると、刑事部と話をしなければならない……」

「では、昨日は、できもしないことを条件としてこちらに提示したということですか？」

「いや、できないと言っているわけじゃありませんよ……」

「では、すぐにやってもらいます」

竜崎は、戸高と関本課長に尋ねた。「何人必要だ？」

「ええと……」

関本課長が言う。「本庁捜査一課の捜査員が、我々の指示で動くということですか？」

竜崎はうなずいた。

「そうだ」

「プライドが高い捜査一課の連中が、我々の言うことを聞きますか……？」

「やってもらう。それが強行犯係の人員を提供する条件だった」

「面白いですね」

戸高が言った。「こき使ってやろうじゃないですか」

「待ってくれ」

土門課長は、ますます苦い表情になっていった。「すぐにというわけにはいかない。まず、交通部長に頼んで、刑事部長と話をしてもらって……」

「まどろっこしいですね」

竜崎は言った。「直接刑事部長と話をしてください」

携帯電話を取り出して、伊丹にかけた。

「え、どういうことです……?」

「今、伊丹刑事部長に電話しています」

土門課長は、目を丸くした。

呼び出し音を聞きながら、竜崎は思っていた。

外務省の内山との面倒臭いやり取りを強要されているのだ。伊丹には、これくらいのことはしてもらう。

11

「はい、伊丹」

「竜崎だ」

「何か言い忘れたのか？」

「ちょっと頼みたいことがあってな」

「何だ？」

竜崎は、放火の捜査に本庁の捜査員を動員してほしいという要求を伝えた。

「待てよ。捜査一課の人間を、所轄《しょかつ》の刑事課が使うということか？」

「それについては、交通捜査課長と取り交わした約束があるんだ。交通捜査課長と代わるよ」

竜崎が携帯電話を差し出すと、土門課長は、眉間《みけん》に皺《しわ》を刻んでそれを受け取った。

「交通捜査課の土門です」

土門は名乗ると、事情を説明しはじめた。話が終わったらしく、土門が携帯電話を竜崎に返した。

「代わってくれとのことです」

竜崎は電話に出た。

「何人必要だ？」

「強行犯係は、交通捜査課の要求にこたえて、六名を捜査本部に送り込んだ。だから、同数を補充したい」

「六名だな。わかった」

「こちらに来たはいいが、指示に従わないんじゃ困る」

「俺は、人員を手配するように捜査一課の課長に言うだけだ。その後のことは、そっちでうまくやってくれ」

伊丹の態度が不満だったが、この場は認めるしかないだろう。彼だって暇なわけではない。

「わかった」

竜崎はそう言うと電話を切って内ポケットにしまった。

土門課長が竜崎に尋ねた。

「どうなりましたか？」

「六名を送り込んでくれるということです」

「それはよかった」

「本来ならば、あなたがご自身で伊丹と交渉をして、段取りをつけてくれなければならなかったはずです」

「そのつもりだったのですが……」

「結果はあなたが言ったとおりになった。だから、それでよしとしましょう。しかし、発言には責任を持っていただきたい」

「心得ておきます」

関本刑事課長が言った。

「本当に、本庁捜査一課の係員が、うちの指揮下に入ってくれるのですね？」

彼は心配そうだった。

竜崎は言った。

「戸高が言っただろう。こき使ってやるって。それくらいの気持ちでいればいい」

「はあ……」

関本の表情は晴れない。

捜査の責任者が、そんなことでは困る。

竜崎はそう言おうと思ったが、やめておいた。余計にプレッシャーをかけることになる。せっかく捜査員を補充したのだから、うまくやってもらいたい。

戸高にも釘《くぎ》を刺しておくべきだろう。

「本庁の捜査員と対立するようなことは、極力避けてくれ」

竜崎がそう言うと、戸高がこたえた。

「そういう言い方をされるのは不本意ですね。自分は、別に対立しようなんて考えちゃいませんよ」

「今は考えていなくても、そういうことになりかねない。それを極力避けてくれと言ってるんだ」

「つまり、向こうがでかい顔をしても、我慢しろということですね？」

戸高が皮肉な笑みを浮かべながら言った。竜崎はうなずいた。

「そういうこともあり得るだろう。大人の対応をしてほしいということだ」

戸高はふんと鼻で笑った。

「大人の対応ね……」

とにかく、戸高の要求にはこたえた。捜査本部に投入しただけの人数を、本庁から確保したのだ。あとは、刑事課でうまくやってもらうしかない。

竜崎は、署長室に戻ることにした。

そろそろ正午だ。昼飯くらい、ゆっくり食いたい。そう思った。

食事が終わると、急に眠たくなった。昨夜の寝不足がこたえている。判押しを続けているが、書類の内容はほとんど頭に入っていない。形式だけで署長印を押すことがまったく無意味に思えたが、警視庁は、「形式庁」と呼ばれるくらい形式を重んずる。

逆にいえば、形式さえ整っていれば、書類が問題にされることはない。つくづく役所というのは、非効率的だと思う。だが、それを改革するのはなかなかむずかしい。

うまい具合に、責任の所在をわからなくする。それが長年役所で培《つちか》われてきた工夫だ。改革を進めて、役所の手続きを効率的にしたり、回覧する書類を減らしたりすると、それだけ、誰かが責任をかぶらなければならなくなる。

役人は、責任という言葉を嫌う。そして、過去の事例という言葉が大好きだ。過去に誰かがやったことなら、自分が責任を問われることはない。それが役人の基本的な考え方だ。

それでは国が動脈硬化を起こすのも無理はない。経費の削減も進まない。

役人は他人の批判を受けても動じない。なぜなら、自分たちが間違ったことをしていないと信じているからだ。

そして、自分を批判する者より自分のほうが優れていると考えているのだ。特にキャリア官僚はそうだ。竜崎自身がキャリアだから、それがよくわかった。

書類を読んでいると、文字が二重になったりする。

これはいけない。

竜崎は、眠気を追い払う方法はないかと考えた。そのとき、ちょうど携帯電話が振動した。

娘の美紀からだった。

「どうした？」

「忠典さんと連絡が取れたの」

申し訳なさそうな口調だった。

「直接話をしたのか？」

「ええ。電話で話ができた。忠典さんの会社から、無事が確認されたという知らせが来て、電話してみたらつながったの」

ほっとするというより、なんだか肩すかしを食らったような気分だった。

だが、無事で何よりだった。

「やはり、墜落した飛行機には乗っていなかったんだな」

「ええ。乗る予定だったんだけど、前日にキャンセルしたんだって……。モスクワでの商談が急遽《きゅうきょ》延期になったとかで……。ロシア人は、勝手に予定を変更するって、文句を言ってたわ」

「おまえのメールは届いていたんだろう？　心配しているのを知っていたはずだ。どうしてすぐに連絡を寄こさなかったんだ？」

「システムの故障だったと言ってたわ。理由がわからないけど、急にインターネットが通じなくなったんですって。あちらでは、たまにあることらしいわ」

「そうか」

それ以外に、言葉が思いつかなかった。

「大騒ぎしてごめんなさい。もっと落ち着いて対応すべきだった……」

「情報が入って来なかったのだからしょうがない。心配するのはもっともだと思う」

メールを過信すべきではないなと、竜崎は思った。国によって通信インフラの状況は異なる。

どこの国でも、日本のように常に良好な通信状態が確保されているとは限らない。

メールだけでなく、ファックスなども併用して状況を問い合わせるべきだった。だが、今さら娘にそんなことを言っても始まらない。

「とにかく、何事もなくてよかった。お母さんには電話したか？」

「これからする」

「わかった」

「心配かけてごめんなさい」

「いいんだ。じゃあな」

竜崎は電話を切った。

そして、溜《た》め息をついた。もっと早く忠典の無事がわかっていれば、外務省の内山に電話をせずに済んだかもしれない。電話したがために、面倒な関係が生じてしまった。

怨《うら》み言《ごと》を言っても仕方がない。すでに、内山とは何度か話をしてしまった。彼は竜崎を利用しようとしている。

それを逆手に取る方法を考えろと、伊丹は言う。

やれと言うのならやってやる。だが、伊丹のためにやるわけではない。外務省に独自のチャンネルを持つというのは、将来、役に立つかもしれない。

この先ずっと大森署の署長をやるわけではない。降格人事を食らったわけだが、ほとぼりが冷めれば、また他のキャリアと同じ扱いになるだろう。そのときのために、内山と良好な関係を築いておくのも悪くないかもしれない。

物事のマイナス面だけ見ていても仕方がない。あらゆることを、自分のために役立てるように努力すべきだ。

そして、それはちょっと視点を変えたり、発想を転換するだけで可能になると、竜崎は考えていた。

美紀からの電話のおかげで眠気が覚めた。

それだけでも、よかったじゃないかと、竜崎は思うことにした。

忠典が無事だったことを、内山に知らせるべきだろうか。

しばらく考えていた。考えている間も、手はほとんど自動的に動いて判を押しつづけている。

相手には誠意を尽くすべきだ。自分に負い目を作らないためだ。それが兵法だ。

面倒臭いからといって、知らんぷりをしていると、そこを突っこまれることになりかねない。

相手が厄介なやつなら、ことさらにそういう点に気をつけなければならない。やはり、電話をしておくべきだと思った。

内山はすぐに電話に出た。竜崎は言った。

「娘が、友人と直接連絡を取れたと知らせてきました」

「そうですか」

内山は、あくまでも落ち着いた声で言った。「それはよかった。やはり、あの機には搭乗していなかったのですね？」

「乗る予定だったのですが、前日にキャンセルしたのだそうです」

「運の強い方だ」

運が強い……。

これまで、竜崎はあまりそういう考え方をしたことがない。

「そうかもしれませんね」

「それをわざわざ知らせてくださったのですか？」

「お騒がせしたことをお詫《わ》びします」

「かまいません。それで、その後、事件のほうはどうなりました？」

「伊丹とも話をしましたが、捜査には進展がないようです」

「伊丹刑事部長は、この事件をどう読んでおられるのでしょう？」

公安との綱引きに神経をすり減らしているなどということは、絶対に竜崎から洩《も》らすわけにはいかなかった。

外務省に警察内のドタバタを知らせてしまうことになる。

個人的な会話だと思って安心するわけにはいかない。内山は、あらゆる情報を外務省のために利用しようとするだろう。

警察の捜査がうまくいかないときに、外務省が、刑事部と公安部の確執のことを持ち出す恐れもある。そうしておいて、外務省が捜査に口出しする可能性だってあるのだ。

つまり、内部に揉《も》め事をかかえている警察には任せておけない、というわけだ。

「伊丹がどう読んでいるか、なんて、私にはわかりませんね」

竜崎は慎重に言った。「刑事事件として、粛々《しゆくしゆく》と捜査を進めているのだと思います」

「あなたは、殺害の動機が、被害者の生前の職業に関係があるかもしれないとおっしゃった。それがどういうことなのか、もっと詳しく説明していただきたいのですが……」

竜崎は、どうすべきか考えていた。

猛烈な勢いで、頭が回転しているのがわかる。思いつく限りのシミュレーションをしているのだ。

竜崎のこたえによって、相手がどう攻めてくるかというシミュレーションだ。

あまり間を置くのは好ましくない。相手の疑念が積もるからだ。

「犯人が外国人かもしれないということです」

竜崎はこたえた。おそらく、すでに内山はそう考えているだろう。そして、そのことは伊丹にも伝えた。

このこたえは許容範囲内だ。竜崎はそう判断した。

「外国人……？　どこの国の……？」

「それはわかりません。何度も言っているように、私のところに逐一捜査情報が入ってくるわけではありません。犯人が外国人かもしれないという話だって、実は伊丹との非公式な会話の中で出ただけのことです。警察で正式に発表したわけではありません。ですから、くれぐれも内密にお願いします」

「もちろん、その点は心得ていますよ」

内密に、と言ったところで無駄なことはよくわかっていた。

おそらく、犯人が外国人かもしれないという情報は、水面下で広がっていくに違いない。

その点は心得ている。内山は言明した。それが、後々彼の足かせになるかもしれない。

そう思ってから、ふと気づいた。

なんだ、俺は、伊丹に乗せられて、すでに内山と陰険な交渉を始めているじゃないか……。

やるならとことんやらねばならない。その覚悟がないと、負けてしまう。ただ利用されるだけで終わりかねないのだ。

こちらから情報を与えるふりをして、攻勢に出ることにした。

「昨日の午前九時頃のことです。大森署管内でひき逃げがありました」

「ひき逃げ……？」

突然話題が変わったので、内山は戸惑った声になった。

「はい。悪質なケースだったので、現在、警視庁の交通捜査課が中心となり、大森署に捜査本部が設置されています」

「悪質なケース……？」

「被害者は死亡しました。現場からブレーキ跡が見つかっていません。故意に轢《ひ》いた可能性も否定はできないということです」

「つまり、殺人ということですか?」

「それも視野に入れて捜査をしています。問題は、その事件の被害者でして……」

「ほう……」

「すでに新聞でも報道されているのです。ご存じありませんか? 名前は、八田道夫。年齢六十二歳。外務省のOBの方なんです」

「さっそく新聞を調べてみましょう」

　これは、嘘《うそ》だと、竜崎は思った。六十二歳という年齢から考えて、省内に彼を知っている人も大勢いるはずだ。

　OBがひき逃げ事件にあった。すでに新聞やテレビでも報道されている。内山が知らないというのは、不自然だと思った。

　先ほど、竜崎が内山に言ったとおり、こうした嘘も、ゆくゆくは彼のマイナスポイントになっていくかもしれない。警察官は、そういう発言を決して聞き逃さないのだ。

「省内では、話題になっていないということですか?」

「どうでしょう? 外務省は広いですからね。私のいる部署で話題になっていないからといって、別の部署もそうとは限りません。その八田という人が退職前に勤務していた部署などでは、当然話題になっていることと思いますが……」

「現職の職員とOBが、相次いでご不幸にあわれた。それも、二人とも殺害された可能性が高い。これは、単なる偶然でしょうかね？」

しばらく沈黙があった。

竜崎と同様に、内山も必死で考えているのだろう。やがて彼は言った。

「偶然かもしれないし、そうではないかもしれません。それを警察が明らかにしてくださるのでしょう？」

少々、腰が引けた発言に聞こえる。内山らしくないと言えるかもしれない。これまで、ずっと内山に押されていたのだ。

初めて竜崎が押し返したという実感があった。

「もちろん、明らかにするつもりで捜査をしています。しかし、そのためには、手がかりが必要です。どんな小さなことでもいいから、手がかりが欲しいのです。二人の被害者について、何か共通点はないでしょうか？」

「あなたがおっしゃったように、二人とも外務省に勤めていました」

「省内で、お二人の間に何か特別なつながりがあったというようなことはないでしょうか？」

「さあ、私にはわかりませんね」

ちょっと間を取ってから、竜崎は言った。

「そうでしょうね」

「は……？」

「あなたが、外務省の中のすべての出来事を把握できるとは、私は思っていません」

「おっしゃるとおりです」

「私もそうなのですよ」

「どういうことですか？」

「私も、警察で行われている捜査のすべてを把握できるわけではないのです。それを理解していただきたい」

「なるほど……」

内山はそう言ってから、またしばらく沈黙した。「あなたは、私のために苦労をしてくれているということですね？」

「平たく言えば、そういうことになります」

「私も、トランスアエロの件では、それなりに苦労したのですがね……」

「感謝しています。そして、お騒がせしたことをお詫びします」

「わかりました。どうやら、私も、もう少し苦労をしてみるべきかもしれません」

竜崎は何もこたえなかった。

内山が言った。

「では、失礼します」

電話が切れた。

12

午後四時過ぎに、斎藤警務課長がやってきて告げた。

「本庁から捜査一課の方が到着されました。特命だと言ってますが……」

「特命……？」

一瞬、何のことだろうと思った。

「はい。刑事部長の特命だとか……」

そういうことか。

合点《がてん》がいった。

捜査本部ができたわけでもないのに、本庁捜査一課の連中を、所轄《しょかつ》に送り込まねばならない。納得いく理由がないとなかなか動かしにくい。

そこで伊丹は、「特命」という形にしたのだ。便利な言葉だ。実際には所轄の助《すけ》っ人《と》なのだが、「特命」と言われれば、何か意味ありげに聞こえる。

「関本課長の指揮下に入るように言ってくれ」

「それが……」

斎藤警務課長が表情を曇らせる。

「どうした？」

「彼らは、署長に挨拶《あいさつ》をしたいと言ってるんです」

「いちいち挨拶の必要などない。すぐに仕事にかかればいいんだ」

「私もそう思うんですが、なにせ、刑事部長の特命を受けてやってきたということになっておりますので……」

まずは、所轄のトップに筋を通しておかねばならないということか。どうして、警察官は、単純に仕事に専念できないのだろう。

おそらくは、仕事の内容が評価されにくいからだろう。だから、役職や立場にこだわってしまうのだ。

営業や販売業なら、仕事の内容が数字に反映される。だが、警察官の仕事はそうはいかない。プライドだけが支えという部分がある。その点は、竜崎にも理解できないわけではない。

「わかった」

竜崎は斎藤課長に言った。「通してくれ」

「はい」

斎藤課長は、ほっとした顔になった。彼は、ともすればいつも何かの板挟みになってしまう。そういう性格なのだ。

六人の捜査員が、署長室に入って来た。いずれも、黒っぽいスーツをきっちりと着こなしている。ワイシャツは白だ。

スーツの襟に、全員が同じバッジをつけている。「S1S」と金文字で書かれた赤い丸いバッジだ。

これは、単に「捜査一課捜査員」の頭文字だという説もあるが、本人たちは、「Search 1 Select」の略だという説を信じている。

つまり、選ばれた捜査員だということだ。

彼らのプライドをひしひしと感じる。これは、思ったより面倒なことになるかもしれないと、竜崎は思った。

ただ捜査員を呼び寄せたというだけでは済まないかもしれない。彼らの顔を見た瞬間に、それを実感した。

脂《あぶら》が乗り切ったのが三人に、若手が三人という構成だ。おそらく、普段ペアを組んで仕事をしている三組がやってきたのだ。

いかにも経験豊富という感じの一人が言った。おそらく四十代半ばだ。

「捜査一課の早川《はやかわ》です。特命を受けてまいりました。現時点より、我々六名は、署長の指揮下に入ります」

「私の指揮下だって？　刑事部長がそう言ったのか？」

「はい。そううかがっています」

それならそれでいい。

「わかった。君たちの官姓名《かんせいめい》を聞いておく」

「こちらに用意してあります」

早川は、若手の一人に目配せをした。若手は内ポケットから、さっと紙を取り出して、両手で捧《ささ》げるように竜崎に差し出した。

そこには、六名の氏名と年齢、階級が列記してあった。

筆頭が、早川正俊《まさとし》、四十五歳だった。階級は警部補だ。四十五歳の警部補というのは、出世の早さからいうと微妙なところだ。

だが、捜査員の価値は階級ではない。

次に書かれていたのは、原島幸男《はらじまゆきお》、四十三歳、警部補。その次が、小谷渉《こたにわたる》、四十二歳、警部補。

若手の三人は以下のとおりだった。

根本一彦《ねもとかずひこ》、三十三歳、巡査部長。

牧村正《まきむらただし》、三十二歳、巡査部長。

千原真吾《ちはらしんご》、三十歳、巡査。

竜崎は、一人一人名前を呼んで、返事をした者の顔を覚えようとした。名前と人相を覚えるのは、ホステスと警察官に求められる資質だと、誰かが言ったことがある。

おそらくヤクザもそうだと、竜崎は思っていた。

「警務部に斎藤という課長がいる」

竜崎は言った。「彼に言って、この紙のコピーを取り、それを持って刑事課に行ってくれ」

「コピーは用意してあります」

さすがに捜査一課は抜かりがない。

「では、斎藤課長に、刑事課がどこか聞いてくれ。刑事課長の名前は、関本。君たちには、関本刑事課長のもとで、放火事件の捜査をしてもらう」

何か一言あるかもしれないと、覚悟した。だが、意外にも早川は、即座に言った。

「了解しました。すぐに捜査にかかります」

「念のために言っておくが、この件は、本庁主導ではない。あくまでも、大森署の事案だ。それは理解しているのか？」

「現在、こちらの署では、本庁交通部交通捜査課との合同でひき逃げ事件の捜査本部ができ、捜査員が不足していると聞いております。我々はそのためにやってきたのだと、認識しております」

ひじょうに頼もしい言葉だ。

だが、額面どおり受け取ることはできないと、竜崎は思った。彼らは、どこまでプライドを押し殺すことができるだろう。

捜査本部ができると、捜査一課の連中は所轄の捜査員を道案内扱いにする。そういう姿をいやというほど見てきた。

そして、実は捜査一課が捜査の主導権を握るほうが効率がいいのも事実なのだ。竜崎はそれを認めている。

捜査一課の面々は、間違いなく優秀なのだ。優秀な者が、主導権を握るのはきわめて合理的だ。

そう思う一方で、署長としては、署員の士気ということも考えなくてはならない。

関本がどこまでやるか、見守るしかない。いざとなったら、俺が出て行くしかない。

竜崎はそんなことを思いながら、署長室を出て行く六人の姿を眺めていた。

次から次へと懸案事項が増えていく。片付いたのは、忠典の件だけだ。解決したとはいえ、それから内山の件も派生したわけだから、事態はまったく好転していない。

伊丹にまた借りを作ってしまった。伊丹はこれも利用しようとするかもしれない。あいつはそういうやつだ。

それが一概に悪いことだとは言えない。お互いにきれい事だけでは済まない世界で仕事をしているのだ。

伊丹は、マスコミの前では、あたかも清廉潔白《せいれんけっぱく》であるかのような演技を続けている。部下に対してはものわかりのいい上司として振る舞っている。

もし、伊丹がただ単にそういう人間なら、もう俺は付き合いをやめているかもしれない。

竜崎はそう思った。

伊丹は表向きの姿よりも、実はずっとしたたかであることを、竜崎は知っている。だからこそ警察官僚として信用できるのだ。

今日は、このまま何事もなく一日を終えたい。未明に火事があり、そのまま寝ていない。一刻も早く帰りたい。そして、ビールを一缶だけ飲んで早々にベッドに横たわるのだ。

判押しを終えたのは、終業時間を過ぎて三十分以上経《た》った六時頃のことだった。いつもより早く終わった。

そのまま帰ることもできたが、署を出る前に、ひき逃げの捜査本部に顔を出しておいたほうがいいと思った。実質的に捜査を仕切っているのは土門交通捜査課長だが、竜崎も捜査本部幹部に名を連ねている。

気が進まなかったが、そうも言っていられない。まだ残っていた斎藤警務課長に、

「捜査本部にいる」と告げて大会議室に向かった。

ひな壇に、柿本と伊丹が顔をそろえていて、竜崎はちょっと驚いた。警察本部の部長が二人も臨席するなんて、どんな重大事件なんだ……。

伊丹は竜崎を見ると、気さくにうなずきかけてきた。柿本は複雑な表情で頭を下げた。

竜崎は、柿本から見れば立場は下だが、年次は上だ。降格人事を食らうと、こういうねじれ現象が起きる。

柿本は、やりにくいに違いない。竜崎は、別に気にならなかった。二人の関係につ

いては、柿本が考えればいいのであって、竜崎にしてみれば、ただ交通部長と所轄の署長というだけのことだ。

ひな壇の席に着くと、伊丹が話しかけて来た。

「捜査員には会ったか？」

「特命だって？」

「そうだよ。捜査一課の精鋭を送り込んだんだ。感謝しろよ」

「仕事のために人員を回してもらっただけだ。俺が個人的に感謝する必要はない」

「おまえは本当に不思議なやつだな。そういう言い方をされても、腹が立たない」

「思ったことを正直に言っているだけだからな」

「普通のやつは、それでは許されないんだよ」

竜崎に言わせれば、なぜ許されないのかが不思議だ。合理性を追求するのをためらう理由などない。私生活においてならいざ知らず、仕事の上ならば当然のことだと思う。

「彼らは精鋭だと言ったな？」

「ああ、特命捜査第一係のメンバーだ」

「未解決事件を専門に扱う係だな？」

「そうだ。だが、その他にも、今回のような特命の事案を扱うこともある」

警視庁捜査一課長の下には、二人の補佐役がいる。一人は理事官で、さらにその下には六人の強行犯捜査管理官がいる。それぞれの管理官は、三ないし五の係を担当している。

もう一人の補佐役は、特殊犯罪対策官と呼ばれている。こちらの下には、第七強行犯捜査、第一特殊犯捜査と第二特殊犯捜査の管理官がいる。いわゆるＳＩＴと呼ばれる特殊犯捜査係なども管理している。

さらに特殊犯罪対策官の下には、特命捜査対策室の管理官がおり、特命捜査第一から第六係までを統括している。

これまで、未解決事件は、強行犯捜査第二係が担当していたが、新たに特命捜査対策室が新設されて担当することになった。

「特命捜査係が、未解決事件以外も扱うなんて、初耳だぞ」

「別に俺が前例を作ったっていい。そのための特命班だ」

伊丹のこういうところは認めてもいいと思う。古い役人体質ではできないようなことを、時々やってのける。

「第七強行犯捜査あたりから来てくれるのかと思ったがな……」

竜崎は言った。

第七強行犯捜査には、火災犯捜査第一から第三係がある。つまり、火災捜査のスペシャリストたちなのだ。

「そういう連中が乗り込んで来ると、かえって面倒だと思ってな」

たしかにそうかもしれない。

その道のプロは、プライドを隠しきれないだろう。所轄《しょかつ》の刑事課の指揮下に入っておとなしく捜査をするとは思えない。何が何でも主導権を握ろうとするだろう。

伊丹が本当にそこまで考えてくれたのかどうかはわからない。第七強行犯捜査が手一杯だったということもあり得る。

だが、今回は本人の言うことを信用しておくことにした。

「外務省の内山とまた話をした」

「そうそう、美紀ちゃんの彼氏はどうなった?」

「どうやら無事らしい。墜落した飛行機には乗っていなかったようだ」

「そいつはよかったな」

「ああ。人騒がせな話だ」

「それで、東大井の件で、内山からは何か聞き出せたか?」

伊丹は周囲を見回して声を落とした。彼はこういう密談めいた態度を取りたがる。用心深いともいえるが、どうもポーズのような気がする。

ひな壇におり、もともと小声で話しているので、他人に二人の会話の内容を聞かれるとは思わなかった。

「聞き出すも何も、一方的にこちらが質問を受けるだけだ」

「一方的に質問を受けるだけ？　おまえらしくないじゃないか」

「俺の事案じゃない」

「だから、もうそういうことを言っている場合じゃないんだよ」

勝手な言い草だ。

「俺は、犯人が外国人らしいということを認めた」

「相手の反応は？」

「当然ながら、どこの国の人間か知りたがった。だが、それについては、俺も知らない」

「わかった」

伊丹はそう言っただけだった。

「ひき逃げの被害者のことを尋ねてみた。内山は、被害者については何も知らないし、省内でも話題になっているかどうかわからないと言ったが、おそらくそれは嘘《うそ》だ」

伊丹の表情が引き締まった。

「おまえは、東大井の件とこのひき逃げが、何か関連があると思っているのか？」

「関連があるかどうかなんて、俺にわかるはずがない。ただ、一人は外務省の現職の職員で、一人はＯＢだった。調べてみる必要はあるだろう」

伊丹はしばらく考えてから言った。

「それで、おまえはこれから内山をどう攻めるつもりなんだ？」

「何も考えていない」

「そいつは無責任だろう。すでに、東大井の件の犯人が外国人かもしれないということを洩《も》らしたんだろう？」

「本当に外国人なら、いずれはわかることだ。そうだろう」

「若尾《わかお》光弘《みつひろ》と八田道夫の関連を洗ってみる必要があるか……」

八田道夫は、ひき逃げの被害者の名前だ。だが、もう一人の名前は初めて聞いた。

「若尾光弘？　誰だそれは」

伊丹は意外そうな顔で竜崎を見た。

「東大井の件の被害者だよ。新聞にも名前が出ていた」

「関心がないので、記憶に残らなかったんだ」

「ならば今から関心を持ってくれ。若尾光弘、四十一歳。役職は課長補佐だ」

「いちおうは覚えておくよ」

捜査員たちが続々と戻って来て、部屋の中が賑《にぎ》やかになっていた。

竜崎は、顔を出してすぐに帰ろうと思っていたが、そうもいかなくなった。昨日、今日といずれも長い一日だった。疲れていたし、腹も減っていた。

伊丹と話をしているうちに、帰るタイミングを逸し、やがて、土門交通捜査課長が捜査会議の開催を告げた。

仕方がない。会議に付き合うしかないか……。

竜崎は、配付された資料を眺め、捜査員たちの報告を聞いていた。ただ聞いているだけで、内容は頭に入って来ない。

集中する必要もないと考えていた。どこかで気を抜かなければパンクしてしまう。

目撃情報や、防犯カメラの映像の分析結果などが発表された。いずれの目撃者も、被害者を轢《ひ》いた車が減速することなしに、交差点を曲がっていったと証言している。

そのことは、防犯カメラの映像でも確認されたという。

やはり、ナンバーに関する情報はない。ナンバーは、防犯カメラにも映っていなかった。カメラを設置したといっても、すべての欲しい映像を捉《とら》えているわけではない。運次第ともいえる。

逃走した車両の行方はまだわからない。「八幡通り入口《やわたどおりいりぐち》」の交差点を左折して、補助第二十七号線に入ったことは確認されている。

つまり、車は南に向かったわけだ。そこから先のルートは確認されていない。目撃情報もなかった。対象車両の行方を追えるような都合のいい位置に防犯カメラはなかった。

結局、今朝から捜査はあまり進展していないということだな。

竜崎がそう思ったとき、土門課長が言った。

「よし、それではこの事案を殺人事件と断定して捜査を進める」

この発言に、竜崎は驚いた。

殺人と断定。判断が早いことは悪いことではない。だが、今この段階で殺人と断定するのは妥当なのだろうか。

もし、竜崎が本気ですべての報告を聞いていたら、その判断を正当に評価することができただろう。だが、どこか他人事《ひとごと》のような気分で会議に臨んでいたので、よくわからなかった。

土門課長の言葉が続いた。

「なお、殺人事件ということなので、今後はいっそう刑事部および大森署の刑事課の協力が必要になると思う」

伊丹はどう思っているだろう。

竜崎は、横顔をうかがった。伊丹の表情は変わらなかった。伊丹も殺人事件と断定して問題はないと考えている様子だ。

それならば、それでいい。

殺人事件ならば、刑事部が担当すべきだと思った。だが、どうやらそうはならないようだ。

事案の端緒に触れたのが大森署の交通課と本庁の交通捜査課だ。土門が最後まで責任を持つということなのだろう。

殺人といっても、車両による犯行なので、交通事案の性格が強い。逃走車の割り出しや路上の鑑識など、交通部の役割はやはり大きいのだ。

土門課長の発言が終わると、伊丹が言った。

「了解した。刑事部から殺人担当の捜査員を投入しよう」

太っ腹だな。

竜崎は思った。本庁の殺人犯捜査係の捜査員が投入されるとなれば心強い。大森署の負担も減るかもしれない。

伊丹の発言を受けて、柿本交通部長が言った。

「殺人事件ということになれば、通常の交通事案と違い、鑑取り等の捜査も不可欠になってくる。殺人犯捜査の係員の増強は心強い」

続けて土門課長が言った。

「本庁から捜査員を増強するということになれば、さらに所轄のほうも、増員をお願いしたいですね」

明らかに竜崎に向かって言っている。

負担が減るどころではなかった。冗談ではないと竜崎は思った。

同じような議論を、また繰り返すつもりはなかった。

どう反論しようか。

竜崎はそう考えながら、机の上を見つめていた。

13

「殺人事件のプロを送り込むというのだから、それでいいだろう」

伊丹が不機嫌そうに言った。その表情は、実に効果的だった。

柿本交通部長が慌《あわ》てた様子で言った。

「そうですな……。捜査一課からの増員があれば、心強い限りです。人員については、それでなんとか間に合うでしょう」

伊丹は、苦い表情のまま顔を上げずにかすかにうなずいた。柿本は、一期先輩の伊丹と竜崎に気をつかったのだ。

竜崎が一期上だということを知り、やりにくくなったに違いない。土門課長よりも、柿本のほうがおとなしくなったように思える。

キャリアだからだろうと、竜崎は考えた。

土門課長は、ノンキャリアのはずだ。キャリアにしかわからない絆《きずな》もある。同様に、キャリアにしか実感できない上下関係の難しさもあるのだ。

二人の部長にそう言われては、土門課長も何も言い返せないだろう。

また伊丹に助けられた。彼は、竜崎に対して、着々とポイントを稼いでいる。伊丹は、優位に立つことで、竜崎を自由に操れると考えているかもしれない。

そんなことを許してたまるか。

竜崎は思った。

伊丹が竜崎を援護するのは、彼の自由だ。何も竜崎が恩義や負い目を感じることはないのだ。

どうして今までそんなことに気づかなかったのだろう。竜崎は、本来なら最も重要視している合理性を忘れかけていたようだ。

人間には休息が必要だ。会議が終わったら、すぐに帰って眠ることにしよう。そう心に決めた。誰が何を言ってきても、帰宅することを最優先に考えるのだ。

ともあれ、伊丹のおかげで、大森署から捜査本部にさらに人員を都合するという議論は回避された。

土門課長が、実務的な指示を捜査員たちに伝えて、会議は終了した。

席を立って帰ろうとした竜崎に、伊丹が言った。

「俺は、これから大井署の捜査本部に戻るが、その前に夕飯でも食わないか？」

「俺は自宅で夕食をとる」

「東大井の事案についても、話し合っておきたい」

「俺がこれ以上関わる必要はない」

「また、外務省の内山から連絡があるかもしれない」

「もう俺の知ったことではないと言ってやる」

疲れ果てていて、少々機嫌が悪くなっているのが、自分でもわかる。伊丹は、そんなことはお構いなしといった様子だった。

「このひき逃げの事案と、東大井の事案に何かつながりがあるとしたら、そうも言っていられないだろう。おまえは、この捜査本部の副本部長の一人なんだからな」

「つながりがあるのか？」

伊丹が顔をしかめる。

「まだわからないよ。だが、その可能性はある。そうなれば、おまえだって知らんぷりはできないんだ。今のうちから、積極的に関わっておくべきじゃないのか？」

「だから、その必要はないと言っているんだ。捜査については、捜査員に任せる。俺は署長なんだから、直接捜査を指揮する必要はない」

「いや、捜査の指揮も署長の責任のうちだ。おまえは、それを実践してきたじゃないか」

「管理者には管理者の責任がある。ただそれだけのことだ」

伊丹はにっと笑った。

「口ではそう言いながらも、おまえは必ず陣頭指揮を執りはじめるんだ」

「俺はおまえとは違う」

「いいから、飯に付き合えよ」

「いや、今日は帰る。そう決めたんだ」

伊丹は、うなずいた。

「わかった。じゃあ、話はまたにしよう」

竜崎は、さっさと捜査本部の部屋を出ることにした。また土門につかまったら面倒なことになりかねない。

一度署長室に戻ってから帰宅しようと思った。まだ斎藤警務課長が残っていて、少しばかり驚いた。

「まだいたのか？」

「署長が帰宅されないのに、私が先に帰るわけにもいきません」

「そういうことは気にしなくていいと、いつも言ってるだろう。君は別に私のお守《も》りをしているわけじゃないんだ」

「お守りだなんて……」

「何か用があるのか？」

「伝言が一つ」

「伝言？」

「麻取りの矢島さんから電話がありました」

「用件は？」

「また電話すると言っていました」

矢島は、こちらからの電話を待っているかもしれない。昨日会ったときの態度からして、こちらから折り返し連絡するのが当然と思っているだろう。

「わかった」

「電話なさいますか？」

「いや、向こうからかけてくると言ったのなら、それを待てばいい。私は帰宅する。君も帰りなさい」

「はあ、ではそうさせていただきます」

何か気がかりな様子だ。麻取りの矢島に電話したほうがいいと思っているのかもしれない。

今日は、もう何もするつもりはなかった。竜崎は、署の玄関に向かった。外から戻ってきた戸高とすれ違った。戸高は、捜査一課の若手の一人といっしょだった。根本という名の巡査部長だ。彼は、竜崎に丁寧に礼をしたが、戸高は軽く会釈《えしやく》しただけだった。

戸高と根本は、今のところはうまくやっている様子だった。声をかけようかと思ったが、やめておくことにした。藪蛇《やぶへび》になりかねない。今日は、このままおとなしく帰ったほうがいい。ぐずぐずしていると、麻取りの矢島から電話が来るかもしれない。

通り過ぎようとすると、戸高のほうから話しかけて来た。

「あ、署長」

竜崎は、そっと溜《た》め息をついて立ち止まり、振り返った。

「何だ？」

「さすが、捜査一課の連中は頼りになりますね」

竜崎は、根本をちらりと見てから言った。

「皮肉を言ってるんじゃないだろうな」

「皮肉？　とんでもない。おかげで刑事課は大助かりですよ」

「それはよかった」

わざわざそんなことを言うために、呼び止めたとも思えない。竜崎は、戸高の真意をはかりかねていた。

「直談判《じかだんぱん》などするもんじゃないって、課長に叱《しか》られましたよ。でもね、俺は今後も必要なことは直接言いに行きますよ」

竜崎はうなずいた。

「けっこうだ。私もそのほうが、物事が速やかで円滑に進むと思う」

「課長からの報告だけでなく、現場の意見も聞きいれてくれるというわけですね」

「もちろんだ」

「それを確認しておきたかったんです。つまり、俺と署長の共通認識だということを……」

「共通認識ね……」

「それをね、課長にちゃんと言っておいてほしいんですよ」

なるほど、こいつは、課長から叱られたことが面白くないのだ。

「折りがあれば言っておく」

「約束してください」

署長に対して、これだけずけずけものを言う署員も珍しい。戸高は、権威を恐れていないように見える。いや、そう見せたいのかもしれない。

自分の捜査能力に自信があるのだろうと、竜崎は思った。それは悪いことではない。

「わかった」

戸高はうなずいて、歩き去った。

やれやれ、やっと解放されたか。

そう思って歩き出そうとすると、斎藤警務課長の声が聞こえてきた。

「あ、署長。よかった、まだいらっしゃいましたね。麻取りの矢島さんからお電話です」

竜崎は思わずうめいた。

署長室に戻るしかない。「もう帰宅した」と伝えるように斎藤に命じることもできる。だが、それは竜崎のやり方ではない。

席で電話を受けた。

「竜崎です」

「昨日話し合ったことを、詰めて相談したいんだ」

「昨日話し合ったこととは……？」

「つまり、俺たちとそちらの情報提供についてだ」

「警察は、あなたがたの事案には触れるな。たしか、あなたはそう言ったのですよね」

「あんたに言われていろいろと考えたんだ。同じ犯罪者を二つの組織が別々に捜査するというのも無駄な話だ」

「わかりました。明日、改めてお話をうかがいましょう」

「できれば、急いで話を詰めたい」

「どうせ、今から話し合ったとしても、手を打つのは明日になります」

「警察ってのは、二十四時間体制だと思っていたがな……」

「もちろん警察は二十四時間休みなく働いています。ですが、私は毎日二十四時間働けるわけではありません」

「麻薬の捜査ってのはね、タイミングなんだよ。一日検挙が先になれば、それだけ麻薬・覚醒剤《かくせいざい》を売買したり使用したりする者が増えることになる」

「とにかく、今日は時間が取れません。明日にしてください」

竜崎は、相手に合わせるつもりはなかった。休息を取るのも管理者のつとめだ。いざというときに、管理者が使い物にならないような事態は避けなければならない。

短い沈黙の間があり、やがて矢島が言った。

「わかった。明日の何時にする？」

面倒なことは早く済ませてしまいたい。

「九時でどうです？」

「わかった。九時に待っている」

麻薬取締部まで来いと言っているのだ。それが、厚労省に属する彼らの常識なのかもしれない。やはりこちらを見下していると、竜崎は感じた。悪気はないのだろう。それが彼らの体質なのだ。

「そちらからの申し入れです。昨日同様に、そちらから足を運んでいただきたい」

矢島はまた一瞬沈黙した。

「九時にそちらを訪ねる。それじゃあ……」

電話が切れた。

受話器を置くと、竜崎は思った。

今度こそ本当に、何があろうが帰宅する。耳をふさいで、まっすぐに玄関に向かおう。

そして、実際にそれを実行した。

自宅に着いたときは、午後九時を過ぎていた。寝不足で、眼の奥や首筋が痛んでいた。

「お帰りなさい」

妻の冴子が言った。「忠典さんのこと、よかったわね。聞いてほっとしたわ」

「ああ。人騒がせだったな。もっとちゃんと確認すべきだ」

「美紀は、反省しているみたいだから、責めないでね」

「わかっている」

疲れ果てて食欲がない。だが、エネルギーは補給しておかなければならないと思い、着替えて食卓に着いた。

いつもの習慣で、缶ビールを一本だけ飲む。アルコールの効果は絶大だった。半分ほど飲んだ頃、体の芯《しん》がほぐれたように感じた。

たちまち空腹を覚えて、いつもどおり、夕食をとることができた。

食事を終えると、すぐにベッドに入りたくなった。風呂《ふろ》に入るのも億劫《おっくう》だ。明日の朝シャワーを浴びればいい。

そう思っているところに、美紀が部屋着姿でやってきた。すでに帰宅して自分の部屋にいたようだ。

「お父さん、ほんと、ごめんなさい」

「もういい。今後は、物事をちゃんと確認するんだな」

「はい」

それで話を終わりにしようと思った。だが、ふと気になって尋ねた。

「ついでに訊《き》いておくが、結婚の話はちゃんとしているのか？」

美紀はちょっと驚いた顔になった。これまで何度かそういう話は出ている。だが、この場面でそのことについて尋ねられるとは思っていなかったようだ。

「なんか、単刀直入なのね」

「話はわかりやすいほうがいい」

「具体的には考えていない。忠典さんも、私も、今は仕事がたいへんだから……。それに、私はまだ若いし……」

「年齢が関係あるのか？」

「そりゃあるわよ。若いうちに、いろいろやっておきたいことだってあるし……」

「具体的にはどういうことだ？」

「旅行とか……。あと、友達と遊んだりするのも、結婚しちゃったら、なかなかできないでしょう」

竜崎は、ぽかんとした顔で美紀を見つめた。美紀は、居心地悪そうに冴子の顔を見てから言った。

「なあに？　私、何か変なことを言った？」

冴子が言う。

「お父さんには、そういうの、理解できないと思う」

美紀は、うなずいてから言った。

「そうね。お父さんは、仕事人間だからね」

冴子の言うとおりだった。竜崎には、美紀が言っていることが理解できなかった。

旅行や遊びは、竜崎にとって必要不可欠なものではない。仕事の合間に、時間があればやればいい。それくらいの事柄だ。

もちろん、一生働き続けるわけにはいかない。だが、人が生きていく限りは、何かの目的があって然《しか》るべきだ。それが、旅行や遊びであるはずがない。

竜崎は金のために働いているわけではなかった。警察という組織のために働いている。いや、国のために働いているのだ。国家公務員なのだから、それが当然だと思っていた。

「要するに、おまえは結婚したくないんだな?」

「そうは言ってない。いずれは、結婚するわよ、たぶん……」

「相手は、忠典君なんだな?」

「それはまだわからない。この先、二人がどうなるかは、まだまだわからないわ」

「それは、結婚したくないと言っているのと同じことだ」

「どうして?」

「あやふやな部分をほったらかしにしているからだ。不確定な要素を取り除いていく。それが、計画を実行するということだ」

「結婚は計画なの?」

「当然だろう」

今度は、美紀があきれた顔になった。

「お父さんは、お母さんと結婚することが、計画だったと言うわけ?」

「人生で予測できることはすべて計画と見なしていい。就職も、昇進も、結婚も、定年も、計画の一部と考えることができる。予測不可能なのは、病気とか突然の死とかだ。そのためには、生命保険などの備えをしておく必要がある」

「降格人事も予測不可能だったわね」

美紀が、ちょっと皮肉な口調で言った。竜崎が言っていることが気に入らないので、わざと怒らせるようなことを言っているのかもしれない。

だが、竜崎はまったく腹が立たなかった。

「そうだ。おまえの言うとおりだ。だが、ちゃんとした人生の計画があれば、そうした予測していなかった出来事にも対処できる」

「たしかに、今の私はどっちつかずかもしれない。でも、そういう時期があったっていいでしょう？」

この言葉にも、竜崎は戸惑っていた。

進路の選択に迷ったことはもちろんある。だが、選択を放棄するような時期があっていいという言い方が理解できなかったのだ。

「話が嚙《か》み合ってない」

冴子がきっぱりと言った。

竜崎は、驚いて冴子の顔を見た。彼女は美紀に向かって言った。

「お父さんは、ただ理屈を言っているだけ。そして、それが何より正しいと本気で思っているの。お父さんが計画と言っているのは、別に計略とかの意味じゃないの。人生設計というような意味ね」

「ちょっと違うぞ」

「いいから、黙っていて。そして、美紀が言っているどっちつかずの状態というのは、いろいろな判断をするための時間ということなの。慌《あわ》てて決断をして後悔したくない。美紀はそう考えているわけ」

「どんな結論を下しても、人間は必ず後悔するんだ」

竜崎が言うと、美紀が言い返した。

「その後悔をできるだけ少なくするために、いろいろと考えるわけでしょう?」

「そういう状態をずるずると引き延ばすことが正しいこととは思えない」

「はい、そこまで」

冴子が言った。「とにかく、忠典さんが無事でよかった。二人がこの先どうしたいかは、また改めて考えればいい。今回のことは、いい機会になったんじゃない?」

美紀はふと考え込んだ。それからしばらくして言った。

「そうね」

冴子が竜崎に言った。

「お風呂わいてますよ」

その言葉を潮に、美紀は自分の部屋に戻って行った。

竜崎は言った。

「風呂はいい。明日の朝、シャワーを浴びる。とにかく疲れた」

「そのようね。頭が回ってないわ」

「頭が回ってない？」

「あるいは、ひどく鈍感。まあ、今に始まったことじゃないけど」

「何のことだ？」

「美紀は、今回のことで、忠典さんとのお付き合いを考え直そうとしているのよ」

「え……？」

「そりゃそうでしょう。あんなに心配してたのに、忠典さんのほうからは連絡もしてこなかったのよ」

「向こうにも事情があったんだろう。インターネットのシステムがダウンしていたと聞いたぞ」

「そういうこともすべて含めて、遠距離でお付き合いすることに疲れたのかもしれない」

竜崎は、しばらく考えてから言った。

「まあ、美紀の問題だ」

「あなた、喜んでない？」

「なぜ、俺が喜ぶんだ？」

「たいていの娘の父親は、そうらしいわ」

「別にうれしくはないがな」

本音だった。娘が決めることだから、付き合おうが別れようが、竜崎にとってはどちらでもかまわない。

「ほんと、あきれた人ね」

「なぜあきれるのかがわからない。俺は、寝るぞ」

寝室に行こうとして、リビングの出入り口に息子の邦彦《くにひこ》が立っているのに気づいた。幽霊を見たような気分になった。このところ、部屋にこもりきりで勉強をしているので、あまり見かけない。ほとんど話もしていない。

邦彦が竜崎に言った。

「姉さんは、当事者だから簡単には決められないんだよ」

「話を聞いていたのか？」

「部屋にいたって聞こえるさ」

「他のことに気を取られないように、勉強に集中しろ。東大を目指すんだろう？」

「わかってるよ。ただ、一言伝えておこうと思って」

「何だ？」

「俺は、父さんの言ってることが理解できるよ」

邦彦は、それだけ言うと、さっさと部屋に戻っていった。

意外な言葉に、しばらく立ち尽くしていた。だが、やがて疲労感に襲われ、寝室に向かった。

竜崎は、早々にベッドにもぐり込んだ。そして、朝までほとんど目を覚まさずに熟睡した。

14

午前九時ちょうどに、麻取りの矢島がやってきた。署長室に入ると、前回と同様に、勝手に椅子《いす》に腰を下ろした。

「俺たちが欲しいのは、隆東会《りゅうとうかい》についてのなるべく詳しい情報だ」

竜崎は、思わず聞き返していた。

「リュウトウカイ？」

「経緯を知らないのか？」

「何の経緯ですか？」

矢島は、小さくかぶりを振った。

「こっちは、それなりに腹をくくって仕事をしてるんだ。一昨日《おととい》みたいな啖呵《たんか》を切るなら、そっちも仕事のやり方を考えてもらいたいな」

竜崎は、一昨日のことを思い出そうとした。実は、矢島が来るまで、ぼんやりと昨夜の美紀とのやり取りについて考えていたのだ。

忠典は無事だった。だが、そのことで、美紀の心に何らかの変化が生じたのかもしれない。

嫌いになったというわけではないだろう。だが、物理的な距離や不在の時間の長さが、心理的に影響を及ぼすことは想像に難くない。

人の気持ちは移ろいやすいものだ。

そんなことを考えていたので、矢島の話にすぐに集中できなかったのだ。

竜崎は言った。

「大森署管内で、薬物の売人同士の揉《も》め事があった。それを、うちの署員が検挙した。しかし、その揉め事というのは、売人の背後にいる指定団体をあぶり出すために、あなた方が仕掛けたものだった……。こういうことでしたね」

「そうだ。俺たちがマークしていた売人の背後にいるのが、隆東会だ。関西の大組織の三次団体だ」

竜崎はうなずいた。

「では、生安課長と刑事組対課長を呼びましょう。彼らのほうが詳しく事情を知っています」

「俺は、あんたと話がしたいんだ。外に洩《も》らしたくない話もある」

「私は部下を信頼しています。それに、出来事の詳細については、担当の課長に聞くのが一番です」

「俺が下の連中と直接話をする必要はない」

「詳しい経緯を知らなければ、あなたと何を話し合えばいいのかわからない」

「俺が説明するよ。それについて、お互いに判断すればいい」

「まだ理解してもらえてないようですね」

「何がだ？」

「たしかに、私は警察を利用すればいいと言いました。しかし、それは共通の目的のために、互いが協力し合うという前提があってのことです」

「それは理解しているつもりだがね」

竜崎はかぶりを振った。

「あなたは、警察を使い走りにしようとしているだけです。一昨日の議論を繰り返すつもりはありません。時間の無駄ですからね」

矢島は、溜《た》め息をついた。

「あんた、強情だな」

「言うべきことを言っているだけです」

「わかった。生安課長と刑事組対課長だな。呼ぶのはその二人だけだ」

ここまでこぎ着けるのに、十分を費やした。まったく時間の無駄だ。竜崎は、内線電話で斎藤警務課長に命じた。

「生安課長と、刑事課長に来るように言ってくれ」

「わかりました」

すぐにやってきたのは、関本刑事課長だった。彼は、緊張した面持ちで矢島を見た。

笹岡生安課長は、五分ほどしてやってきた。

「すいません。ちょっと手が放せない用があったもので……」

彼らが顔をそろえるのを待つ間、竜崎は、せっせと書類に判押しをしていた。

二人に、改めて矢島を紹介した。関本課長と笹岡課長は、それぞれ自己紹介をした。

二人は、すでになぜ呼ばれたか知っているはずだ。

竜崎は彼らに言った。

「麻薬取締部では、以前から今回の件について、大がかりな内偵を進めていたということだ。麻薬・覚醒剤《かくせいざい》の売買がどの程度の規模なのかを正確に把握し、なおかつ、販売ルートや供給源を明らかにしたいと言っている」

関本も笹岡も何も言わない。矢島に対して疑いと反感を持っているのは明らかだ。厚労省の麻薬取締部と警察には、長年にわたる深い確執がある。

それを、いまだに誰も改めようとしないのが不思議だった。細かな修正は何度もされたし、形だけの協力態勢を求める動きはあった。だが、抜本的な改革はされずにここまで来た。

縦割り行政の弊害がこんなところにも出ている。

麻取りと警察。

海上自衛隊と海上保安庁。

いずれも、対立することが多いが、その背後には省庁の面子《メンツ》がある。麻取りは厚労省だ。省なのだから、警察庁よりは格が上だと思っている。

海上保安庁もそうだ。国土交通省の管轄《かんかつ》なので、かつての防衛庁よりも格が上の扱いだったのだ。

防衛庁は防衛省となり、形の上では同格となったので、余計にややこしくなっているという話を聞く。

司法警察は、対立などしていないで、統合してさらに強化すべきだと、竜崎は考えている。警察国家を恐れる声もある。

もちろん、それは警戒しなければならない。問題は、司法警察に権限をどこまで与えるか、なのだ。国民を監視下に置いたり、言論を取締るのは問題だ。

だが、司法警察が頼りにならないのはさらに問題だ。人々はそこを混同して議論したがる。

優秀で強力な司法警察を、民主的に運用するためには、真に有能な官僚が大勢必要だと、竜崎は考えていた。

矢島が言った。

「俺たちは協力し合うべきだと、署長は言うんだ。俺もそれについてはやぶさかではない。ついては、まず、現在ここに勾留《こうりゅう》している売人たちの、今後の扱いについて話し合いたいと思う」

笹岡生安課長が言った。

「今後の扱い……？　それは話し合う余地はありません。麻薬及び向精神薬取締法、ならびに覚せい剤取締法違反の証拠固めが済み次第、送検します」

細身で白髪頭の笹岡は、警察官というより、法律家のような風貌《ふうぼう》だ。

矢島は、少しだけ顔をしかめた。

「だからさ、そういう杓子定規《しゃくしじょうぎ》な話を聞きに来たんじゃないんだ。話し合いたいと言っているんだよ」

「釈放しろとでも言うんですか？」

「できれば、そういう措置を取ってほしいね。つまり、俺たちは振り出しに戻したいわけだ。泳がせて、その背後にいるやつらを探り出すというわけだ」

「一度検挙した被疑者を、理由もなく釈放はできません」

「理由はあるさ。いいかい？　ちんけな売人をいくら挙げたところで、問題は解決しないんだ。でっかい獲物を狙《ねら》う必要があるんだ。大きな組織に打撃を与えてこそ、麻薬・覚醒剤取締の効果があるんだ」

笹岡は、いつもより無表情になっている。おそらく腹を立てているのだろう。憤《いきどお》りが表情に出るタイプと、逆に怒りのために無表情になるタイプがいる。笹岡は後者だった。

「だからと言って、釈放はできません」

笹岡は、助けを求めるように竜崎を見た。矢島も竜崎を見た。

竜崎は言った。

「論外ですね。そんなことをしたら、刑訴法の根幹が揺るぎますよ」

「そんな大げさな話じゃないだろう。ちょっと書類を書き直すとか、目をつむればできることだ。それで、この先大きな獲物にたどり着けるんだ」

「あなたは、振り出しに戻したいと言いましたね？」

「そうだ。あんたたちのヘマを帳消しにしてやろうと言ってるんだ」

「一昨日も言いましたが、我々の捜査に落ち度はありません。それについて、議論を蒸し返すつもりもありません」

「ああ、わかっている。俺は、長年内偵してきた捜査を、今後も続けたいと考えているんだ。だから協力してくれと言ってるんだよ」

「逮捕した被疑者を釈放しても、振り出しには戻りませんよ」

矢島は、怪訝《けげん》な顔で竜崎を見た。

「振り出しには戻らない？」

「逮捕された被疑者が、突然釈放されたら、当然、なぜなのかと不審に思うでしょう。背後にいる組織も警戒するに違いありません。被疑者は姿をくらますかもしれないし、最悪の場合は、組織に消される恐れもあります」

矢島は、竜崎が言ったことについて、しばらく考えている様子だった。やがて、彼は言った。

「じゃあ、どうすればいいと言うんだ？」

「新たなターゲットを見つけるべきでしょう。それならば、こちらも協力のしようがあります」

「簡単に言うがな、同じ手が二度使えるわけじゃない」

竜崎は、笹岡生安課長に尋ねた。

「売人が一人捕まった。その後、その地域では麻薬・覚醒剤の売買がなくなるのか？」

笹岡はかぶりを振った。

「別の売人が商売を続けることになるでしょう。麻薬・覚醒剤の使用者は、薬が切れたら何としてでも手に入れようとするのです。その需要は決してなくなることはありません」

竜崎は、矢島を見た。矢島は、思案顔のまま言った。

「そんなことは、百も承知だ。だが、その実態をつかむまでに、また時間がかかる。どこでどうやって商売をするのか。どこで仕入れるのか……。そういうことを、ちゃんと把握しなければならないんだ」

竜崎は言った。

「そこに協力の余地があるということでしょう」

「そちらの情報をくれるということか？」

「今回の出来事の最大の問題は、麻取りの計画がこちらに伝わっていなかったということでしょう。ターゲットを泳がせるという方針でいくなら、こちらもそれに従うことはできます」

矢島は、また考え込んだ。

竜崎はさらに言った。

「あなたは、先ほど、何とかという指定団体についての情報がほしいと言いましたね？」

矢島は、虚を衝《つ》かれたような顔をした。

「ああ。隆東会だ。売人同士の揉め事を演出して、ようやくあぶり出すことができたんだ」

竜崎は関本刑事課長に尋ねた。

「隆東会について、何か知っていることはあるか？」

「ええ、もちろん。管内に事務所がありますからね」

「その組に顔がきく係の捜査員もいるということだね？」

「はい。暴対係の捜査員で、そこを担当している者がいます」

竜崎は、矢島に言った。

「隆東会の動向については、こちらである程度把握できるはずです。うちの署で手に負えない事態になったら、本庁の組対部に応援を頼むこともできます」

「マル暴は、指定団体と癒着している場合が多いと聞いている。事務所にガサをかけるときも、事前にその情報を流して、チャカやポントウのお土産を持ち帰って満足しているじゃないか」

チャカは拳銃《けんじゅう》、ポントウは日本刀の隠語だ。矢島は警察官と同じような隠語を使いたがるようだ。

「かつてはそういうこともありました。でも、時代が変わりました。警察は、指定団体に対して強い姿勢で臨んでいます」

「昔からの体質は、なかなか変わらないものだ」

「万が一、よそでそういうことがあったとしても、私の署では許しません」

「なるほどな……」

矢島は、値踏みするような眼で竜崎を見た。それから、二人の課長に視線を移した。

「彼らは信頼できると、あんたは言ったな?」

「はい」

「俺は、マスコミへの漏洩《ろうえい》を何より恐れているんだ。刑事の周囲には常にマスコミがうろうろしている」

「二人とも事の重大さは、よくわかっているはずです。彼らの部下にも箝口令《かんこうれい》を敷かせます」

無言の間があった。矢島は、しきりに考えている。彼の裁量でどの程度のことを決めることができるのだろう。

竜崎はそんなことを思っていた。矢島が一人で捜査をしているはずがない。彼の背後には多くの取締官がいるはずだ。

彼はどんな権限で、ここに乗り込んできているのだろう。

「わかった。実務的な話をしたい」

「彼ら二人と直接話をしてください。私が捜査をするわけではないので……」

「おい、下の者に任せて、自分はほおかむりってわけじゃないだろうな」

「そんなつもりはありません。実務的な話と、あなたが言ったので、課長たちと話すべきだと思っただけです。私も話を聞いていますから、ここで話し合ってください」

「いいだろう」

矢島は、二人の課長に言った。「では、かけてくれ」

それまで、矢島は座っていたが、関本と笹岡は立ったまま話をしていたのだ。このあたりにも、あからさまな厚労省の優越感が表れている。

矢島が言った。

「では、署長の提案に従って、新たなターゲットを定めることにする。そちらでキャッチした売人に関する情報を提供してほしい」

笹岡が、言った。

「こちらが一方的に情報を提供するという意味ですか？」

矢島が顔をしかめる。

「そうじゃないよ。こっちからも何か動きがつかめたら連絡する」

「わかりました」

矢島が関本課長に言った。

「隆東会の中にSを持っているマル暴の係員はいるか？」

「そういうことは、個々の捜査員の秘密になっていますので、確認しなければなりませんが……」

「すぐに確認してくれ。重要な情報源だ」

「やってみます」

「やってみます、じゃない。やれと言われたら、すぐにやるんだ。今すぐだ」

口を挟みたくはなかったが、竜崎は、発言せずにはいられなかった。

「協力するとは言いました。だが、あんたの指揮下に入るわけじゃありません」

「我々と協力態勢を取るということは、我々のやり方に従うということだろう」

「そうじゃありません。できる限りのことをするという意味です。今、うちの刑事課は、てんてこ舞いなんです。私としては、これ以上余分な仕事を増やしたくないんです」

「余分な仕事が増えたのは、自業自得《じごうじとく》だ。こちらが泳がせていた売人を検挙なんかするからだ」

また、そこに話を戻すのか。竜崎はうんざりした。もう相手をしたくない。

「連絡方法はどうしますか？　公安みたいに、携帯は使えないとか言うんじゃないでしょうね」

「もちろん携帯は使えるさ。番号を教える。そちらも、番号を教えてもらいたい」

三人は、携帯電話の番号を交換し合った。それが終わると、矢島が竜崎に言った。

「あんたもだ」

教えたくはなかったが、ここで文句を言ったら、またへそを曲げるかもしれない。

竜崎は、番号を言った。

彼らが話をしている間に、竜崎は押印《おういん》を再開していた。判を押しながら話を聞いていた。

やがて、打ち合わせを締めくくるように、矢島が言った。

「じゃあ、隆東会のSの件は、早急に調べてくれ」

二人の課長は、もそもそとはっきりしない返事をした。立ち上がった矢島があきれたような声で言った。

「あんたは、いつも判を押しているんだな」

「そのテーブルの上の書類を見てください。それ全部に眼を通さなければならないんです」

「署長ともなると、たいへんだ」

まったく同情していない口調でそう言うと、矢島は署長室を出て行った。

「まったく、何様のつもりだ」

笹岡が悔しげに言った。それに関本が皮肉な口調でこたえる。

「厚労省様だよ」

こうしたやりとりにもうんざりだった。

「いいから、急いで打ち合わせどおりにやるんだ。こちらの動きが緩慢だと、また何を言ってくるかわからない。大森署員が有能なところを見せつけてやれ」

笹岡が言った。

「でかいヤマだと言ってましたが、検挙の実績は連中が持っていくんでしょうね」

「問題はそういうことじゃない。日本から大きな麻薬・覚醒剤《かくせいざい》の販売ルートを取り除く。それが重要なんだ」

笹岡は、ちょっと反省したような態度で言った。

「わかりました」

一礼して退出する。だが、関本が残ったままだった。

「何だ？　何か用があるのか？」

「はい、実は、捜査一課から来た連中のことなんですが……」

言いづらそうにしている。問題が生じたのかもしれない。

昨日戸高と根本を見かけたが、別に仲違《なかたが》いをしているようには見えなかった。そういえば、戸高との「共通認識」の話もしておくべきだろうか……。

竜崎は、押印の手を止めずに言った。

「話を聞こう」

15

「捜査一課の連中が指示に従わないということか？」

竜崎が尋ねると、関本刑事課長が煮え切らない態度でこたえた。

「いえ、よくやってくれているのですが……」

「では、何が問題なんだ？」

「放火の件しか捜査しようとしないのです」

一瞬、何を言われているのかわからなかった。

「放火の捜査の助っ人《すけと》で来たのだから、それでいいじゃないか」

「それはそうなのですが、私としては、あくまでも、うちの署の強行犯係の補強と考えたかったわけです」

「どういうことだ？」

「つまりですね……」

関本課長は、どちらかというとはっきりものを言うタイプだ。その彼が、ずいぶんと言いにくそうにしている。「所轄《しょかつ》の刑事というのは、一つの事案だけに専念してはいられないということです。放火も捜査しつつ、新たな事案があれば、その捜査もしなければなりません」

「当然だな」

「捜査一課の係員たちは、放火の件だけを捜査しに来たと考えているようです」

「実際に、問題が起きているのか?」

「いえ、幸いにして、彼らが他の事案を手がけなければならない事態にはなっていません。ですが、必ずそういうときが来るはずです」

「よくわからないな」

竜崎は、眉《まゆ》をひそめた。「いったい、何を心配しているんだ?」

「つまり、そうなったとき、私は彼らに他の事案も捜査するように言っていいものかどうか迷っているのです」

竜崎はあきれてしまった。

刑事課長ともあろう者が、なぜ捜査員にそんな気を使わなければならないのだろう。

他の事案が発生したら、余計なことを考えずに、人員を振り分ければいいのだ。

やはり、警視庁の捜査一課というのは、関本にとっても特別な存在なのかもしれない。だが、そんなことを言っていたら仕事にならない。

捜査一課の係員は、優秀だからこそ特別視されるのだ。優秀な連中こそ、どんどん使うべきだ。

「まずは、問題が起きる前に、相談に来たことを評価しよう」

「はあ……」

「だが、君は、悩む必要のないことで悩んでいる。助っ人は助っ人だ。君が都合がいいように使えばいい」

「しかし、彼らは刑事部長の特命で来たと言っています」

「君がそんなことを考える必要はない」

「ですが、彼らが私の指示に従わない場合があると思います。私は、それを懸念《けねん》しているのです」

「そういう事態が起きたら、すぐ私に言えばいい。そのために、署長がいるんだ」

関本課長は、安心した顔になって言った。

「了解しました」

彼が出て行こうとしたので、呼び止めた。

「ああ、こちらからも話しておかなければならないことがある」

「何でしょう？」

今度は、竜崎が言葉を探すはめになった。

「ちょっと戸高と話をした」

「あいつが、また何かやらかしましたか？」

「そうじゃなくて、彼と私の共通認識についてだ」

関本課長が怪訝《けげん》な顔をする。

「共通認識……？」

「私に直接、捜査員が不足して困っていると言いに来ただろう」

「ああ……」

関本課長の表情が曇る。「申し訳ありませんでした。今後は、改めさせます」

「いや、そうじゃないんだ」

「は……？」

我ながら、歯切れが悪い。

捜査一課の連中に余計な気を使うなという意味のことを、関本に対して言っておきながら、自分自身が同じような気づかいをしていることを自覚していた。

戸高の言い分を認めるということは、関本の頭越しに何かを決めるということになりかねない。

課長としての立場がないと言われても仕方がないのだ。

「戸高に、直談判《じかだんぱん》などするなと言ったそうだね?」

「ええ、ちゃんと言っておきましたよ」

「秩序というのは大切だと、私も思っている。だが、一方で、現場の生の声を聞くことも必要だ」

「現場の生の声ですか……」

釈然としない顔だ。当然だと、竜崎は思った。単刀直入に言うべきかもしれない。

「戸高は、今後も必要があれば、私に直接要求すると言っていた。私もそれを認めた。それが、二人の共通認識ということだ。君にもそれを認めてほしい」

関本は複雑な表情になった。不愉快なのだが、それを顔に出すべきかどうか迷っている様子だ。

「署長がそうおっしゃるのでしたら……」

「納得していないな」

「いえ、そういうわけでは……」

「何も課長をないがしろにすると言ってるのではない。現場から意見を聞いたほうがいいこともある。ただそれだけのことだ」

関本がうなずいた。

「わかりました。まあ、署長に対してずけずけとものを言うのは、戸高くらいでしょうから、特に問題はないと思います」

「署内は常に風通しをよくしておきたい」

「署長の方針には従います。それでは、失礼します」

関本が署長室を出て行った。もし、関本が気分を害したとしても、仕方がない。竜崎はそう思うことにした。

誰からでも意見は聞く。その方針は間違ってはいない。署内の風通しをよくしたいというのも本音だ。

気になるのは、関本がへそを曲げることで、仕事に支障をきたすような場合だが、そういうことはまず起きないだろうと思った。

関本は、戸高と違って大人だ。

万が一、そういうことがあったときに、また話し合えばいい。

そう考えて、この件は、いちおう終わりにした。

昼食前に、眼を通すべき書類を少しでも減らしておきたい。そう思って竜崎は判を押しつづけた。

ひき逃げ犯の捜査本部にも顔を出しておくべきだろう。

午後一番に行ってみよう。

そう思っているところに、伊丹がやってきた。今日も捜査本部に臨席していたらしい。

「よう。ちょっといいか？」

「何だ？」

「外務省が、口を閉ざした」

竜崎は、思わず眉をひそめた。

「どういう意味だ？」

「殺人事件に関して、被害者のこととか、いろいろ調べなきゃならない。それで、外務省の同僚なんかから、話を聞こうとしたわけだが、突然、ノーコメントという反応が多くなった」

「いつからだ？」

「昨日からだ」

おそらく、内山と電話で話してからだろうと、竜崎は思った。

「箝口令《かんこうれい》が敷かれたということか？」

「そうだろうな」

「何のために？　殺人事件の捜査だ。何を秘密にすることがある？」

「特に、被害者の仕事の内容とかを尋ねると、それは機密事項だから、という返事が返ってくるらしい」

「役人が言いそうな台詞《せりふ》だ」

「そこで、おまえに探りを入れてもらいたい」

竜崎は顔をしかめた。

「それは刑事の仕事だろう。何で俺がそんなことをしなけりゃならないんだ？」

「おまえは、独自のチャンネルを持っているじゃないか」

「箝口令が敷かれたとしたら、内山も何もしゃべってはくれないよ」

「おまえらしくないな。やってもみないで諦《あきら》めるようなことを言うなんて」

「俺の仕事じゃないからだ」

「今のところ、おまえに頼るしかない。つまり、これはおまえの仕事だということだ」

「他にいくらでも手があるだろう」

「どんな手があるというんだ？」

「公安から手を回すとか……。公安と外務省の情報官室はかなり親密な関係だと聞いたことがある」

伊丹が顔をしかめた。

「おまえが今話している相手を誰だと思ってるんだ？」

「伊丹俊太郎だ」

「刑事部長なんだよ。しかも、事案を巡って公安とは綱引きの最中だ。公安から手を回すなんてことはできない」

「意地を張っているときじゃないだろう。殺人事件の捜査なんだ」

「公安が何かを聞き出したとしても、俺たちのところに情報が回ってくるかどうかわからない」

「そんなばかなことがあるか。同じ警察官なんだ」

「おまえは、そういう原理原則が本当に通用すると思っているからあきれるよな……。公安は、警察官というより諜報《ちようほう》部員だ。外務省の情報官室も同じようなものだ。彼らは、自分たちが刑事よりもずっと高級な仕事をしていると考えているんだ」

「そっちこそ、やってもみないで結論を出すべきじゃない」

「俺は、独自のチャンネルを活用したいだけだ」

「おまえのチャンネルじゃない」

「そうだ。おまえの伝手《つて》だ。だからこうして頼んでいるんだ」

伊丹は、見かけはソフトだが、言い出したらきかない男だ。

「しょうがない。後で電話してみるよ」

伊丹が満足げにうなずいた。

「どんなことでもいいから聞き出してくれ」

そう言い置くと、彼は署長室を出て行った。

竜崎は、署長印を置き、外務省の内山に電話してみた。面倒なことほど早く済ませたい。

間違いなく内山の内線番号にかけたのだが、別の者が出た。竜崎が名乗ると、相手は言った。

「少々お待ちください」

少々と言われたが、たっぷり一分は待たされた。電話の一分は長い。

再び相手が出て言った。

「内山は出かけております」

すみませんの一言もない。外務省の職員は、謝ることを知らないようだ。

「いつ頃、戻られますか？」

「わかりかねます」

「では、お戻りになったら、電話をいただきたいと伝えていただけますか？」

「お伝えします」

電話が切れた。

受話器を置いた竜崎は思った。

居留守だな……。

外務省が警察とコンタクトを取りたがらなくなったというのは、本当のことのようだ。伊丹の話を聞いていたときは、まったくやる気が起きなかったが、居留守を使われたと思うと、急に闘争心が湧《わ》いてきた。

どうせ、折り返しの電話など来ないはずだ。それならば、三十分置きに、いや、十分置きにかけてやる。

相手が音を上げるまでそれを続けてやればいい。個人宅にかけるわけではないので、都の迷惑防止条例などに違反することもないはずだ。

そして、十分後に実際にかけてみた。

「内山は出かけております」

感情にとぼしい声が聞こえてくる。先ほどと同じ男だ。

「では、かけ直します」

竜崎は電話を切った。

そして、その十分後に、またかけてみた。また同じ男が出て、同じやり取りが繰り返された。

そして、また十分後に同じことを繰り返した。

ついに、事務的だった相手の声が高くなった。

「警察官が、こんな嫌がらせみたいなことをしていいんですか？」

「嫌がらせ……？　私は連絡を取りたいので電話をしているだけです」

「内山は外出していると言ってるじゃないですか」

「では、連絡を取って、こちらに電話をくれるように伝えてもらえませんか？」

「連絡を取れるかどうかわかりません」

外務省の職員なのだ。連絡を取れないはずがない。もし本当に連絡が取れないとしたら、今電話に出ている男も、内山も、公務員失格だ。

「とにかく、やってみてください。もし、連絡がない場合、また十分後にかけてみます」

相手の返事を待たずに電話を切った。

向こうは、警視庁などはるかに格下だと思っているだろう。だから、こちらの言うことなど、たいしたことだとは思っていない。

だから、これくらいのことをやってちょうどいいのだ。

判を押しながら、ちらちらと時計を見ていた。十分経《た》ったらまたかけてやるつもりだ。

そして、八分が過ぎた頃、斎藤警務課長が外務省から電話だと告げてきた。

内山からだった。

「お出かけだったそうですね」

「ええ。何度も電話をいただいたそうで、すいません」

まったくすまなそうな口調ではない。竜崎から十分ごとに電話がかかってくる様子を、自分の席から眺めていたに違いない。

「刑事部長が、被害者について何か情報はないかと、しつこいのです」

「お話しできることはありませんね」

いつもより口調が冷ややかな気がする。

「前の電話では、お互いにもっと協力しあえるかもしれないという話だったと思いますが、状況が変わったようですね」

しばらく沈黙があった後に、内山は唐突に言った。

「直接、会ってみませんか。電話だけではどうも……」

外務省の国際情報官室ともなると、職員同士で互いに監視し合っているということも考えられる。

まさか、電話が盗聴されているということはないだろうが、内山が用心深くなったのを感じた。

「かまいませんよ」

「今夜は空いていますか？」

竜崎は、ひき逃げの捜査本部のことを、ちらりと考えた。

副本部長だからといって、べったりと張り付いていなければならないわけではない。

事実、今は、こうして捜査本部を離れて、署の仕事をしている。

「時間は取れると思います」

「では、お互いの中間地点ということで、高輪《たかなわ》あたりではいかがですか？」

「高輪？」

内山は、有名なホテルの名前を言った。そのバーで会いたいと言う。どこであろうと構わない。

さらに内山が言った。

「午後九時でいいですか？」

「いいです」

「では、後ほど……」

電話が切れた。竜崎は、時計を見た。昼を回っていた。昼食を食べに出かけることにした。


午後一時に、ひき逃げの捜査本部に顔を出した。

伊丹はすでにおらず、交通部の柿本もいなかった。ひな壇には、土門交通捜査課長だけがいて、管理官席とやり取りをしている。

竜崎は、いつも座っている席に向かった。

「朝の会議にいらっしゃいませんでしたね？」

土門が竜崎に言った。「会議の内容を説明しましょうか？」

皮肉かとも思ったが、そうではないようだ。土門は、資料を差し出した。会議で配られたものだろう。

「何か重要なことがあれば、それだけ教えてください」

土門はかぶりを振った。

「捜査はそれほど進展してるとは言えません。逃走した車両はまだ発見されていませんし、情報もない。鑑取りでも、特に動機に結びつくような事実は見つかっていないんです」

竜崎は、捜査会議で配られた資料をめくってみた。

「被害者が何かトラブルを抱えていたわけではないのですね？」

「そういう事実は、いまのところ見つかっていません。金銭的なトラブルもないし、女性関係の問題もありません」

「定年退職後は、再就職もしていないのでしたね？」

「ええ、周囲の人はそう言っています」

「家族は……？」

「一人暮らしでした。子供はおらず、一年前に奥さんも病死しています」

竜崎はうなずいた。

「なんだか、哀れですよね」

土門の言葉に、竜崎は資料から眼を上げた。

「哀れ？　何がですか？」

「妻に先立たれて、天涯孤独だった。きっと淋《さび》しい暮らしをしていたに違いありません。その上、ひき殺されてしまうなんて……」

思いの外、感傷的なことを言う。

刑事と同じく捜査を担当しており、見かけはまったく刑事のようだが、やはり交通捜査というのは、刑事たちほど悲惨な人生に接することがないのかもしれないと、竜崎は思った。

犯罪に関わっていれば、その裏側に信じがたいような人生が垣間見《かいまみ》えることもある。竜崎も、キャリアだからそういうものにあまり接したことはない。その意味では現場の刑事にはかなわないと思うこともある。

何も、被害者が孤独な人生を送っていたからといって、同情することはないのだ。警察官には、同情などする前にすることがある。

竜崎は言った。

「一人暮らしをしていたことが、犯行の動機と関係があるということですか？」

土門が、ちょっと慌《あわ》てた顔になった。

「は……。いえ、そうは言っていませんが……」

「犯罪に巻き込まれる人には、それなりの理由があるはずです。無関係の市民を巻き込む無差別殺人などは別ですが……」

「そうですね」

「被害者には、金銭トラブルはなかった。女性問題も抱えていない。でも、殺される理由はあったはずなんです」

「ええ……」

「被害者はキャリアだと言っていましたね？」

「はい。そうです。東京外語大出身で、外務省内のいわゆる外大閥だったようです」

「外大閥か……」

聞いたことがある。外務省には、東大閥と外大閥があるのだそうだ。「たいていのキャリアは、天下り先に落ち着くのに、なぜ被害者は、無職だったのでしょうね……」

「充分な蓄えがあったんじゃないでしょうか。それに、子供がいなかった。何と言っても、教育費が一番金がかかりますからね」

「一年前に奥さんが亡《な》くなったと言いましたね？」

「そうです」

「何で亡くなったのですか？」

「癌《がん》だと聞いています」

「その看病のために、再就職をしなかったということも考えられますね」

「はい」

「癌ならば、治療費が相当にかかったはずです」

「おそらくは……。でも、癌保険などに入っていたとしたら、それほどの負担はなかったかもしれません」

ふと、竜崎の頭を、東大井の事案がよぎった。犯行の動機は、被害者の職業に関係していたかもしれないと、伊丹が言っていた。

竜崎は土門に言った。

「八田道夫の生前の職業や役職が、犯行の動機に関係があるかもしれませんね」

土門は驚いた顔になって言った。

「何を根拠にそんなことを言うんですか？」

竜崎は、土門を見返して言った。

「いや、今のは思いつきです。忘れてください」

16

しばらく捜査本部にいたが、まだ目立った動きはなさそうだった。午後三時頃、署長室に引きあげて、書類仕事を続けた。

署長は、何かと地域のイベントや会合に引っ張り出されるものだが、ここ二日はお呼びがかからない。

おそらく、斎藤警務課長がうまくさばいてくれているのだろう。

黙々と判押しを続け、午後七時に再びひき逃げの捜査本部に足を運んだ。柿本交通部長は来ていたが、伊丹は来ていない。

竜崎がひな壇の席に着くと、柿本が声をかけてきた。

「伊丹さんが、捜査一課の殺人犯捜査係を投入してくれて、大助かりです」

「そうですか」

柿本は、伊丹と竜崎が同期で幼馴染《おさななじ》みなので、こんなことを言ってきたのだろう。だが、竜崎にとっては、そんなことは関係ない。捜査本部として、優秀な人材を確保できたことは喜ばしいが、ただそれだけのことだ。

続々と捜査員たちが戻って来た。午後八時に捜査会議が始まった。

土門交通捜査課長が、司会進行役だ。

聞き込みの結果が発表される。

鑑取りでは、犯罪に結びつくような要素はまだ見つかっていない。被害者の生真面目《きまじめ》な生活態度が聞き込みで浮かび上がってきていた。

外務省に勤めている頃は、ひたすら自宅と役所の往復だったそうだ。キャリアなので、当然帰りは遅くなる。外務省も、警視庁同様、ほぼ二十四時間体制だ。多くの国に大使館を置いており、その現地時間の違いにより、いつ重要な知らせが入るかわからないのだ。

退官しても、特別な趣味を持つわけではなく、自宅で過ごすことが多かったそうだ。夫婦で海外に出かけたこともあるようだが、夫人が入院してから、看護と家事に専念しなければならなかったようだ。

そうした報告が済むと、竜崎は質問した。

「被害者は、退官したときは、広報文化交流部の文化交流課につとめていたということですが、どんな仕事をしていたのでしょうね？」

土門課長は、大きな身体《からだ》をもぞもぞと動かした。それから、捜査員たちに言った。

「被害者の勤務について、聞き込みをしてきた者は？」

比較的若手の捜査員が起立した。警視庁の交通捜査課の係員らしい。

「えーと、国際交流基金というものがあって、それに関連して、文化的な行事を行ったりしているようです」

よくわかっていないようだと、竜崎は思った。

「国際交流基金というのは独立行政法人ですね」

竜崎は言った。

「諸外国との文化的なイベントなどに、資金援助する団体です」

竜崎は考えた。

外務省時代の仕事が、犯罪に結びついたかもしれないという発想は、あくまで、東大井の事案からの類推に過ぎない。

国際文化の交流を図る部署にいて、殺人にいたるトラブルに巻き込まれるというのは考えにくい。

在ブラジル日本大使館に赴任していたというのは、ちょっとひっかかるが、それでも直接犯行の動機に結びつく要素とは思えなかった。

殺害された理由は、職業とは関係なかったのだろうか……。

竜崎が考え込んでいるので、土門課長は会議を進行させた。

逃走した車両についての報告がある。やはり、当該車両はまだ発見されておらず、目撃情報も極端に少ない。

現在、都内のタクシー会社などに、目撃情報の提供を要請しているという。タクシーの運転手の目撃情報はあなどれないのだ。

捜査員は言った。

「手口や、事後の行動を考えると、素人《しろうと》の犯行とは思えないですね」

土門課長が聞き返した。

「素人の犯行とは思えない？」

「犯行に使用された車両がいまだに発見されていないということは、何らかの処分をされた可能性が高いと思います」

「つまり、車体を塗り替えるとか、ナンバーを付け替えるとか……」

「ええ……。あるいは、海外に売るとか、廃棄処分にするとか……。いずれにしろ、そういう業者が嚙《か》んでいることが考えられます。事後のことまで考えた、計画的な犯行ということだと思います。そういう処理は、素人には無理でしょう」

「業者のほうは当たっているのか？」

「自動車の整備工場や廃棄施設などを当たっていますが、今のところ目ぼしい情報はありません。もし、この事案が、犯罪組織などのプロの犯行だとしたら、その業者にもそうした組織の息がかかっていることも、充分に考えられると思います」

「組織による計画的な犯行……」

土門課長が、つぶやくように言った。

複雑な事案に発展しそうだと考えているのだろう。

竜崎も、同じようにつぶやきたい気分だった。東大井の事案では、容疑者として外国人が浮上してきているようだ。

そのせいなのだろうが、公安が乗り出してきている。だが、伊丹は、あくまでも刑事部主導で事案を片づけたいと考えている。

そして、外務省が口を閉ざした。そうなると、東大井の事案は、ますます複雑になっていくだろう。

麻取りの件も、なかなか複雑だ。

新たな売人をターゲットにして、泳がせ捜査をしなければならない。麻取りとの微妙なやり取りが続くだろう。

こちらは、背後に広域指定団体が絡《から》んでいる。

加えて、ひき逃げの事案も、何やら複雑な様相を呈してきた。

自分にできることだけに専念して、事案を一つ一つ片づけていけばいいと考えていた。だが、あらゆる事案がどんどん複雑化していくような気がして、ちょっと気分が萎《な》えそうになった。

唯一《ゆいいつ》の救いは、捜査一課の殺人犯捜査係が投入されたことだ。もし、ひき逃げ犯がプロだとしても、捜査一課の殺人犯捜査係は、プロ中のプロだ。

そういえば、大森署の強行犯係に投入された捜査一課特命捜査係の連中は、問題を起こさずにやっているだろうか。

昨日、戸高といっしょにいる捜査員を見たところでは、うまくやっている様子だった。だが、いつ何が起きるかわからない。

「鑑取り、目撃情報の収集、当該車両の発見、どれも手を抜くな」

柿本交通部長が言った。「組織による犯行という可能性も視野に入れて捜査を続けてくれ。以上だ」

それが、会議を締めくくる言葉だった。

時計を見ると八時半だ。竜崎は、すぐに捜査本部を出て署長室に戻った。スーツに着替えると、公用車に乗り込んだ。

約束のホテルに到着したのは、九時ちょうどだった。バーにやってきたのが、九時三分。係の者に、「内山という客と待ち合わせをしている」と告げると、奥の席に案内された。

他の席と離れており、他人に会話を聞かれる心配がない。その席に、ずんぐりとした体格の、眼光の鋭い男が座っていた。

チャコールグレーのスーツを着ている。ネクタイは臙脂《えんじ》を基調としたレジメンタルだ。

その男が竜崎を見て立ち上がった。

「竜崎署長ですね？　内山です」

電話で話した印象と違っていた。声や口調から、インテリ面《づら》を想像していた。二年前に会っているのだが、そのときの記憶が曖昧《あいまい》で、電話での印象のほうが勝っていた。

実際の内山は、インテリ面とは程遠かった。もっとずっとしたたかな印象だ。大きな目が特徴的だった。この二年で変わったのかもしれない。

竜崎はテーブルを挟んで向かい側に腰を下ろした。

内山の前にはビールが置かれていた。

「飲み物は？」

「私もビールをいただきます」

「意外ですね」

「何がです？」

「お堅い方だと聞いていたので、ソフトドリンクになさるかと思っていました」

「お堅い方」などと、どこの誰に聞いたのだろう。

「夕食のときに、ビールを一缶だけ飲むことにしています。それを早めに飲むだけです」

ビールがやってきて、竜崎は、一口だけ飲んだ。乾杯も何もしない。

内山が言った。

「やはり、電話だけのお付き合いよりも、こうしてお互い顔を見合ったほうが話しやすいと思いましてね……」

「……というより、職場では何かと話しづらいことがあるのではないですか？」

内山は、大きな目で上目遣いに竜崎を見て、かすかに笑った。その笑顔が、意外にも凄味《すごみ》があったので、ちょっと驚いた。

ただの役人ではない。そう感じた。やはり、国際情報官室などに勤めていると、独特の雰囲気が身につくのだろうか。

「まあ、そういうこともありますね」

「箝口令《かんこうれい》が敷かれたと聞きましたが……」

「箝口令……？　それは大げさだな」

内山が笑った。笑うと人なつこい顔になることに気づいた。「マスコミがうるさいので、余計なことをしゃべるなと言われているだけです」

「刑事たちは、捜査がやりにくくなったと感じているようです」

「まあ、過剰反応する職員もいるかもしれませんね。余計なことを外にしゃべるなと、役人が言われたときに、まず何を考えるかわかりますか？」

「自分の部署からは、情報を洩《も》らしたくない」

「そうです。まず、管理職は、自分の部下が外に情報を洩らさないようにするのです。ですから、締め付けが厳しくなる。みんな事なかれ主義ですからね。それを箝口令とあなたは呼んだのかもしれない」

「みんな事なかれ主義……。そういう言い方をするときは、たいてい自分だけは違うと思っているものですが……」

「いやいや、私も同様ですよ。ただの役人ですから……」

「キャリアですね？」

「ええ、実はあなたや刑事部長と同期なのですよ」

同じ年齢か。ずいぶんと若く見える。

「お互いに忙しい身です。本題に入りたいのですが」

内山はうなずいた。

「東大井の事件ですが、犯人は外国人の可能性があるということですね？」

「そう聞いています」

「そして、犯行の動機は、若尾が勤務していた部署に関係があるかもしれないとあなたは言った」

内山が初めて被害者の名前を口にした。竜崎はそのことに何か意味があるのかどうか考えていた。

「私が言ったわけではありません。刑事部長がそう言っていたのです」

「容疑者は、ある程度絞られているということですか？」

竜崎はかぶりを振った。

「私にはわかりません。何度も言うように、東大井は、管轄外《かんかつがい》です。うちの署が担当しているわけではないのです」

「容疑者がある程度絞られているという仮定で、うかがいます。その容疑者の背後関係はわかっているのですか？」

「背後関係ですか？」

「外国人が、公務員を殺害したのです。個人的な怨《うら》みと考えるよりも、背後に何らかの事情があると考えるのが普通でしょう」

「そうかもしれません。大井署に設置された捜査本部では、そういうことも充分に考えて捜査をしているでしょうね」

「背後にいるのは、どういう組織でしょうね？」

竜崎は溜《た》め息をつきたくなった。

「あなたがたはそれを知っているのですね？」

内山の眼が、また油断なく光った。何も言わずに、竜崎を見つめている。

竜崎はさらに言った。

「知っていて、警察がどこまでつかんでいるのか確認しようとしているのでしょう」

内山は、しばらく沈黙してから言った。

「これから言うことは、あくまでも一般論です。そのつもりで聞いてください」

「一般論……」

「殺された若尾は、中南米局南米課に所属していました。彼が担当していた地域の中に、コロンビアが含まれていました。コロンビアと聞いて、署長は何を連想されますか？」

「一昔前なら、メデジンカルテルとこたえたでしょうね」

内山はうなずいた。

「メデジンは、アンティオキア県の県都で、コカインのカルテルで有名でした。そのメデジンカルテルに対し、コロンビア政府は徹底的な戦いを宣言しました。四年の麻薬戦争の結果、九三年に、カルテルのボス、パブロ・エスコバールが射殺されて、戦いは終焉《しゅうえん》を迎えたと言われています。その後、コロンビアでは、メデジンカルテルに代わり、カリカルテルが台頭して、アメリカの麻薬市場の八割を牛耳る世界最大の麻薬組織となったのです」

「しかし、それも壊滅状態になったと聞いています」

「はい。カリカルテルはごく短期間のうちに全盛期を終えました。そして、今度はメキシコで麻薬戦争が始まるのです。政府と麻薬組織の全面戦争です。アメリカ政府が、麻薬組織撲滅のためにメキシコ政府への支援を宣言したことで、さらに戦いは泥沼化したと言われています」

「その麻薬戦争が現在も続いているわけですね」

「そうです。メキシコ麻薬戦争がクローズアップされたことで、もうすでにコロンビアには麻薬組織など存在していないような印象を受けるわけですが、そんなことは決してありません。コロンビアの麻薬組織は、左翼ゲリラと深く結びついているし、地域の経済にも影響を与えています。そう簡単になくなるものではないのです」

「つまり、若尾さんが殺害されたのは、麻薬組織と関わりがあったからだということですか？」

「あくまでも一般論だと言ったはずです。若尾が担当していた地域にコロンビアが含まれている。私はそう言っているだけです」

奥歯にものがはさまったような言い方だ。だが、内山は、容疑者の背後には、何か組織的な動きがあるのではないかということを示唆《しさ》した。

そのことを考え合わせると、麻薬関係のトラブルという疑いが自然に浮上してくる。コロンビアの麻薬組織は、左翼ゲリラと密接な関係があると、内山は言った。

なるほど、そう考えると、公安が乗り出してきたのもうなずける。外国人が公務員を殺害したというだけで公安が入れ込むのは、少し不自然だと感じていたことも確かなのだ。

伊丹は、麻薬組織のことに気づいているだろうか。当然、視野に入れているに違いない。内山からその情報を引き出したかったに違いない。

内山はぎりぎりのところまでしゃべってくれたと、竜崎は思った。

「一般論」ということにしながら、犯行の背後関係を臭《にお》わせたのだ。

内山の話が続いた。

「これも一般論ですがね。メキシコの組織は、今麻薬戦争のまっただ中で、身動きが取れない状態です。その陰に隠れて、実は一度滅んだと思われているコロンビアの麻薬組織が、販路を諸外国に求めているかもしれないのです。アメリカは、麻薬に対して徹底抗戦をする構えです。中国は、すぐ近くにゴールデントライアングルというヘロインの大供給源があります。日本は、取締を強化しているとはいえ、海千山千のカルテルの連中からすると、まだまだ甘い。狙《ねら》い目だとは思いませんか？」

「警察としては、そう思いたくはありませんね」

「だが、事実だと思います」

「なるほど……。興味深いお話が聞けました。ついでなのですが、八田さんについてもうかがっておきたいのです」

「ひき逃げにあったＯＢですね」

「退官されたときは、文化交流課にお勤めだったということですね？」

「そうです」

「在ブラジル日本大使館に赴任された経験もある」

「はい」

「調べを進めているのですが、どうしても殺害されるだけの理由が見えてこないのです。警察は、組織による計画的な犯行である疑いもあると考えているのですが……」

内山は、睨《にら》むように竜崎を見つめたまま言った。

「本来、こういうことは私の口から言うべきではないのですが、あなたと話していると、どうしても教えたくなってきます」

「何でしょう」

「八田は、在ブラジル大使館に赴任していましたが、実はポルトガル語よりも、スペイン語のほうが得意でした。さらに、コロンビアの事情に詳しかったので、ブラジルから頻繁にコロンビアに出張していたのです」

竜崎は驚いた。

「そんなことがあり得るのですか？」

「特に、麻薬に関する調査などをする場合は、在コロンビア日本大使館の者よりも、ブラジルあたりから出入りしていたほうが安全だという事情もありました」

「つまり、八田さんは、在ブラジル日本大使館につとめながら、実はコロンビアと深い関わりがあったと……?」

「そういうことです」

17

内山がいっしょに出るところを、見られたくないというので、竜崎は先にホテルのバーを出た。情報機関の連中は、そこまで気にするものなのかと思いながら、自分のビールの分だけ勘定を済ませた。

時計を見ると、十時になろうとしていた。竜崎はすでに公用車を帰していたので、ホテルの玄関から、タクシーに乗って署に戻った。

署長室には寄らず、まっすぐひき逃げ事件の捜査本部に向かった。

すでに柿本交通部長はいなかった。伊丹もいない。

竜崎は、ひな壇にいる土門交通捜査課長に近づいた。

「被害者についての情報があります」

土門は驚いた顔で竜崎を見た。

「どんな情報です？」

「外務省時代の役職についての情報です」

「役職……？　たしか、文化交流課に勤務していたのですね……」

「それは、退職する時点の部署です。被害者の八田道夫は、かつて、在ブラジル日本大使館につとめていたのをご存じですね。その際に、実はコロンビアに頻繁に出入りしていたらしいのです」

土門はぽかんとした顔になった。

「それがどうかしましたか？」

土門は、東大井の殺人事件について詳しいことは知らないはずだ。だからぴんと来ないのだろう。

竜崎は、この先は慎重に話さなければならないと思った。土門に妙な先入観を与えてはならない。

「組織による計画的な犯行の疑いがあると、捜査員が言っていました。どんな組織であれ、計画的に動くとなれば、それなりの理由が必要なはずです」

「もちろんです」

「コロンビアといえば、麻薬です。麻薬なら、暴力団などの組織が動く理由になり得ます」

土門は、まだ戸惑っている様子だった。

「それはもちろんそうですが……。ただ、コロンビアに頻繁に出入りしていたというだけで、麻薬と結びつけるのはどうかと思いますが……」

これ以上何か言うと、予断につながりかねない。

「とにかく、そういう情報があったことは報告しておきます」

「その情報は、どこから……？」

「外務省の知り合いです」

「なるほど、キャリアともなれば、いろいろなつながりがあるものですね」

皮肉にも聞こえるが、放っておくことにした。

竜崎は、質問した。

「その後、進展は……？」

土門は、かぶりを振った。

「署長の報告以外には、めぼしい情報はありませんよ」

これも皮肉かもしれない。

竜崎は、うなずいて言った。

「私はこれで引き上げますが、何かありますか？」

何もあるはずがない。

土門は、何事か考えている。引き留める口実でも探しているのだろうか。

やがて、彼は言った。

「お疲れ様でした。必要があれば連絡します」

「ああ、携帯にお願いします」

竜崎は、大会議室を出て署長室に向かった。

すでに、斎藤警務課長は帰宅したようだ。十時半を過ぎている。

警察署は、夜でも昼と変わらずに慌《あわ》ただしい。むしろ、夜のほうが、酔漢などがわめく声で騒々しい。

交通課や地域課は三交代ないし四交代の二十四時間体制だから、署内の人数も夜と昼ではそれほど変化がない。

二十四時間、署長室のドアを開け放っておくというのが、竜崎の方針だが、少しの間だけ閉めておくことにした。

席に腰を下ろすと、携帯電話を取り出して、伊丹を呼び出した。

呼び出し音三回で出た。

「はい、伊丹」

「外務省の内山と会った」

「会った？　どこで？」

「麻薬カルテルの関与を示唆《しさ》した」

「内山は、あくまでも一般論ということで、麻薬カルテル……」

「それで……？」

「高輪のホテルだ」

「被害者が勤務していたのは、中南米局の南米課だ。担当している国の中に、コロンビアが含まれていることを、内山は強調していたように感じた」

「ちょっと待て」

しばらく無音の状態が続いた。おそらく、人がいない場所に移動したに違いない。込み入った話になりそうだと判断したのだろう。

再び、伊丹の声が聞こえてきた。

「麻薬カルテルと言ったが、今、麻薬組織といえばメキシコだ。コロンビアのカルテルは、ほぼ壊滅状態なんじゃないのか？」

「コロンビアのカルテルは、地域の経済と密接に結びついている。そう簡単になくなるもんじゃないと、内山は言っていた」

「なるほどな……。地下に潜った組織があるということか……」

「さらに、コロンビアのカルテルは、左翼ゲリラと結びついていた。ゲリラの資金源でもあったわけだ。公安が、目を付けそうなネタだ」

「被害者は、コロンビアの麻薬カルテルと、何らかの関係があり、トラブルになって消されたということか……」

「おい、結論を急ぐな」

　そう言ってから、気づいた。「そちらでも、同様の情報をつかんでいるということか？」

「俺たちだって遊んでいるわけじゃない。ただ、公安の握っている情報がちゃんと捜査本部に流れてこないんだ」

「被疑者は、外国人かもしれないと言っていたな？　その根拠は？」

　伊丹が笑ったのがわかった。

「何だかんだ言っても、結局興味を持つんじゃないか」

「こっちの事案と関連があるかもしれないからな」

「こっちの事案？　ひき逃げのことか？」

「そうだ」

「どういう関連だ？」

「それを話す前に、犯人は外国人かもしれないという根拠を話してくれ」

伊丹はしばらく考えている様子だった。もったいぶっているのかもしれない。

やがて、彼は話しだした。

「これは、マスコミには発表していない話だがな、殺害の方法に特徴があった。喉《のど》を切り裂いて、そこから舌を引っ張りだしていた。これは、コロンビアの麻薬組織や左翼ゲリラの連中が見せしめとして殺害するときの方法だ。コロンビアネクタイと言われている」

「コロンビアネクタイのことは知っている。それを外務省の連中は知っているのか？」

「洩《も》れてはいないと思うが、どこからどう情報が行くかわからない。特に、外務省の情報官室と公安のつながりは、俺たちにもよくわからないんだ」

「情報官室や南米課の連中は知っていると考えたほうがいいな」

「そちらの事案と関連があるかもしれないというのは、どういうことだ？」

「ひき逃げに使用された車両がまだ見つからない。殺害した後、すぐに処分したことも考えられる。目撃情報もない。そうした一連のやり口が、あまりに鮮やかなので、組織による計画的な犯行という線も視野に入れている」

「俺はそちらの捜査本部にも顔を出しているから、それは理解できる」

「内山の話だと、ひき逃げで死亡した八田道夫は、在ブラジル日本大使館時代に、実はコロンビアに何度も足を運んで仕事をしていたそうだ」

しばらく間があった。

考えているのだろう。物証はまだ何もない。だが、コロンビアという共通点がある。それで事案の関連性を疑わなければ、警察官失格だ。

「そのことは、ひき逃げの捜査本部で話したのか？」

「土門課長に、被害者がコロンビアに頻繁に出入りしていた、とだけ伝えた」

「反応は？」

「ぴんときていない様子だった。組織の計画的犯行という可能性を過小に見ているのかもしれない」

「交通捜査課の連中にしてみれば、麻薬カルテルだの左翼ゲリラだのという話は、現実味がないだろうな。それで、これからどうする？」

「どうもしない。おまえに言われたとおり、内山から話を聞いた。その内容をおまえに知らせたし、ひき逃げに関連すると思われる情報も、土門課長に伝えた。俺の役目はここまでだ」

「何を言ってるんだ。捜査はこれからじゃないか」

「それは、おまえの役目だろう。東大井の殺人と、こちらのひき逃げの両方の捜査本部に顔を出しているんだからな」

「実際には、ひき逃げのほうにはそれほど時間を割くことができない」

「時間を割く必要はない。効率的に人を使って双方の情報をやり取りすればいい」

「そうだ。俺は効率的に人を使おうと思っている。有能で、役に立つ人をな。それがおまえだ」

「俺はおまえの部下じゃない」

「組織上は、俺は本部の部長だから、おまえに命令を下せる立場にある」

「それが妥当な命令なら黙って従う。だが、理屈に合わない指示なら、従う必要はないと思っている」

伊丹は、またしばらく黙っていた。やがて、彼は言った。

「悪かった。余計なことを言ってしまった。おまえが理不尽なことに黙って従うようなやつじゃないことは、俺が一番よく知っている」

そんなことはどうでもよかった。

竜崎は尋ねた。

「二つの事案は関わりがあると思うか？」

「ないと思うほうがどうかしている」

「それは、刑事部長としての判断だな？」

「おい、記者みたいなことを言うなよ」

「それを確認しておけば、ひき逃げの捜査本部での動きようもある」

「動いてくれるということだな？」

「動きようがあると言っただけだ」

「こっちの捜査本部じゃ、公安が主導権を握ろうとしている。そっちは交通部長の仕切りだ。俺は、どうも旗色が悪い」

「主導権争いなんかをしているときじゃない。被疑者を検挙することを第一に考えればいいんだ」

「おまえなら、それができるかもしれないな……」

「刑事部長のおまえがやらなきゃならないんだ」

「たしかに、おまえが言った方法は功を奏しつつある」

「何の話だ？」

「あきれたな。自分で言ったことを忘れたのか？　捜査本部は、最小限の人数にして、必要に応じて人員を動かすという方法だ。そのために、パソコンや通信機器を駆使して連絡を密にする……」

「忘れてはいない」

「実際に、捜査本部が小規模なので、マスコミの注目度もそれほどではない。こちらの人員が少ないので、公安もバランスを取っている」

「中枢《ちゅうすう》は少数精鋭のほうがいい。あとは、機動部隊を動かせばいいんだ」

「おおせのとおり、通信指令本部に協力してもらい、機捜や特命班を動かしている。捜査本部が小規模なので、大井署の負担も少なくて済む。まさに、一石二鳥どころか、一石三鳥、四鳥といった感じだ」

「そういうことは、結果を出してから言ったほうがいい」

「そうだな……。ところで、大森署に送り込んだ特命班は、役に立っているか？」

「わからない」

「どういうことだ？」

「いちいち現場を見ているわけじゃないので、どの程度役に立っているかわからないという意味だ」

「おい、そういう場合は、礼の一つも言えば済むんだよ」

「質問されたからこたえただけだ」

「まったく、おまえというやつは……」

「だが、人員が不足しているところに助っ人《すけと》が来てくれて、おおいに助かっている」

「その一言でいいんだよ。じゃあな」

電話が切れた。

時計を見ると、十一時になろうとしていた。

今日は帰ろう。

竜崎は、立ち上がり、署長室のドアを開け放って、公用車乗り場に向かった。

帰宅すると、ダイニングテーブルで、妻の冴子と娘の美紀が向かい合っていたので驚いた。

二人の様子がいつもと違う。何か言い争いでもしていたような雰囲気だ。

「どうしたんだ？」

美紀は無言だった。

冴子がこたえた。

「忠典さんのところに行ってくると言い出したのよ」

竜崎は眉《まゆ》をひそめた。

「忠典君のところ……？　カザフスタンに行くということか？」

「まったく、この子は誰に似たのか、言い出したら聞かないんだから……」

内山と会ったときにビールを飲んだだけだ。腹が減っていた。

「話を聞くから、食事の用意をしてくれ」

冴子は、深呼吸をしてから立ち上がり、食事の用意を始めた。

竜崎は、寝室で着替えてからダイニングテーブルのところに戻って来た。椅子《いす》に腰掛けた。美紀とは向かい合わずに、九十度の角度になる位置だった。

「どういうことなんだ？」

美紀はしばらく黙っていたが、やがて話し出した。

「今回のことで、いろいろ考えたって言ったでしょう？」

「だからといって、わざわざカザフスタンに行くことはないだろう」

「行かなきゃ、会えないじゃない」

「考えたということは、何かの結論が出たということだろう。それを伝えるだけなら、電話でもメールでもいいだろう」

「電話やメールじゃだめなのよ」

「じゃあ、手紙を書けばいい」

「それでもだめ。ちゃんと顔を見合って話をしないと……」

「わからんな……」

竜崎は本当に理解できなかった。「おまえの考えを伝えるだけなら、それで充分なはずだ」

「ちゃんと向かい合って、顔を見て話をしなきゃだめなの」

「だったら、向こうが日本に来ればいい。こっちが母国なんだからな」

「それはできない」

「なぜだ？」

「話を切り出すのはこっちなのよ」

本当に、美紀が言っていることが理解できなかった。

冴子が総菜を持ってきたついでに、美紀に言った。

「父さんにそういうことを言っても伝わらないわよ」

竜崎は冴子に言った。

「そういうことって、どういうことだ？」

冴子が冷蔵庫から缶ビールを取り出し、コップといっしょに持ってきた。

「ビールはいらない。もう、飲んできた」

「もう、飲んできた……？」

「人と会って、そのときにな……」

「いいから、飲んで頭を少し柔らかくなさい」

目の前に置かれた。そう言われたら、断る理由もない。ビールをコップに注いで、一気に半分ほど飲んだ。

外で飲む酒は酔いにくいが、自宅で飲むと、すぐにアルコールが回り始める。

その間、美紀はうつむき加減で何事か考えていた。思い詰めているようにも見える。

竜崎は、もう一口飲んでから言った。

「つまり、別れ話を切り出すということなのか？」

美紀が顔を上げた。

「それは、忠典さん次第だと思うの。だから、直接会って話をしたいわけ」

「忠典さん次第？　おまえは、自分で結論を出したんじゃないのか？」

「結論を出したわけじゃない。私の考えを言って、向こうの考えも聞いて……。そういうことが必要だと思うの」

「なるほど……」

竜崎は、またビールを一口飲んだ。「説得されたいわけだな？」

「説得されたい……？　どういうこと？」

「つまり、おまえは今のままでは付き合いを続けられないと考えている。だが、踏ん切りはつかない。忠典君に関係が終わることを否定してもらいたいんだ。そうすれば、また付き合いを続けることができる」

美紀は目を丸くしていた。しばらくして、言った。

「そうかもしれない……」

「だとしたら、行っても行かなくても同じことだ。つまり、どっちにしろ、現状維持というわけだ」

「現状維持は現状維持だけど……」

冴子がご飯と味噌汁《みそしる》を持ってきて、言った。

「そういうことじゃないでしょう。つまり、今の関係をちゃんと確認したいということよね。場合によっては、きちんと話をして別れるということになるかもしれない」

「だが、美紀は現状維持を望んでいると、今自分で言ったんだ」

「望んでいながらも耐えられないことってあるのよ」

「わからんな……。おまえは、美紀をカザフスタンに行かせたくないんじゃないのか？」

「行かせたくないわ。心配ですものね」

「だから、俺は、行く必要はないと言ってるんじゃないか」

「あなたと話をしていると、美紀の側に立ちたくなるから不思議よね」

美紀が言った。

「私はお父さんの言っていることがわからないわけじゃない。ただ、私もいろいろなことを我慢してきた。今回のことが、先のことを考えるきっかけになったと思うの」

「いいんじゃねえの？」

部屋の出入り口で声がして、竜崎はそちらを見た。邦彦だった。ぽかんとしている竜崎にかまわず、邦彦が言った。

「行ってくれれば、気が済むんだろう？」

その一言は、美紀や竜崎を突き放しているようで、実は合理的な判断であるような気がした。

竜崎は、美紀に言った。

「とにかく、性急に結論を出すことはない」

「それ、忠典さんとのこと？　それとも、カザフスタンに行くということ？」

「両方だ」

竜崎は食事を始めることにした。

18

翌日は、八時に登庁して、まず署長室に寄り、それからすぐにひき逃げの捜査本部に顔を出した。

柿本交通部長と土門交通捜査課長がそろって臨席している。伊丹はいない。

昨夜土門課長に、被害者の八田道夫が、在ブラジル日本大使館時代に、頻繁にコロンビアに出張していたことを伝えた。その情報をどう扱うかが気になったのだ。

結局、土門は、捜査会議ではそのことに一切触れなかった。無視するつもりなのか、それとも、慎重を期するのか、竜崎には判断できなかった。

まあいい。捜査本部のことは、土門に任せておけばいい。

九時過ぎ、捜査会議が終わったので、署長室に引き上げて来た。斎藤警務課長が、待ち構えていて、警務係員に今日のファイルを運び込ませた。

「今日の予定は？」

「区議会議員の方々との懇談会がありましたが、延期してもらうことにしました」

「延期？　いつまで延期するんだ？」

「決めていません」

「それで、よく先方が納得したな」

「捜査本部のことや、連続放火犯のことを説明したら、あっさり納得しました」

どうせ、たいした用事ではなかったのだ。

「他に、何か……？」

「刑事組対課長が、時間があれば話がしたいと言っていましたが……」

竜崎は、書類から顔を上げた。

「時間があれば話がしたい？　妙な言い方だな。関本課長らしくもない」

「はあ……。つまり、火急の用ではないけれど、相談したいことがある、ということではないかと思います」

「火急の用でなくても、気にせずに私をつかまえて話をすればいいんだ」

「では、呼びましょうか？」

「そうしてくれ」

昨日、伊丹との電話で話題になり、強行犯係を手伝っている本庁の特命班のことが、ちょっと気になっていたところだ。

斎藤警務課長が出て行き、判押しを始めて五分ほど経《た》つと、関本刑事組対課長がやってきた。長ったらしいので、普段は刑事課長と呼んでいる。

「話があるということだが……？」

「はい……」

関本課長は、恐縮した面持ちだ。「実は、本庁の特命班のことなんですが……」

「何か問題か？」

「特命班自体が問題というわけではなく……。彼らは、私の指示に従ってくれているのですが……」

「では、何が問題なんだ？」

「戸高です」

「戸高……？　どういうことだ。説明してくれ」

「はい……。実は、特命班のほうからちょっとした苦情といいますか、クレームがつきまして……」

「どんなクレームだ？」

「戸高の捜査のやり方です。あまりにも、行き当たりばったりというか……。彼らからすれば、ずいぶんいい加減に見えるようなんです」

「そんなのは、今に始まったことじゃないだろう」

「それはそうなんですが……」

「彼の勤務態度は、たしかにほめられたものじゃないが、これまで彼のやり方でそれなりに成果を上げてきたのだろう？　係の中でも一目置かれていると思っていた」

「それはそうなのですが、どうやら、捜査一課から見ると、彼のやり方は認めがたいようです」

「戸高がいい加減な捜査をしているとは考えにくいな。放火については、ずいぶんと入れ込んでいたようだからな」

「ええ、もちろん、本人としては懸命に捜査しているのでしょう。ですが、本庁の連中とやり方が違うというか、ペースが合わないというか……」

「特命班の連中が文句を言う筋合いじゃないだろう」

「それはそうなのですが、なにせ、彼らは、私の指示に、杓子定規《しゃくしじょうぎ》なくらいに従ってくれていますので、戸高のことをあれこれ言いたくなるのも理解できるのです」

課長としては、自分の指示にちゃんと従うほうの味方をしたくなるだろう。だが、戸高は彼の部下だ。しかも、これまでいろいろな局面で戸高は、いい働きをしてきた。

板挟みになって、署長に泣きついてきたというところか。

「それを何とかするのが、課長の役目じゃないのか？」

「署長は、できるだけ現場の声を聞きたいとおっしゃいました。これも、現場の声です」

手に余ることは、上司に下駄《げた》を預ける。それは、正しい判断だ。そのために上司がいるのだ。

やるべきことは山ほどある。だが、関本の相談を無視することはできない。

「わかった。戸高と特命班の代表を呼んでくれ」

「はい」

関本が署長室を出て行った。竜崎は、判押しをしながら、彼らを待つことにした。

仕事のやり方など、どうでもいいではないか。そんなことを思っていた。

大切なのは、どういう結果を出すか、なのだ。真面目《まじめ》に一所懸命仕事をするのは重要なことだ。だが、プロはそれだけでは足りない。結果が必要なのだ。

他人から見ていい加減なやり方でも、結果を出せばいいのだ。職人も公務員も、その点は変わらない。それが仕事というものだ。

十分ほどして、関本に連れられ、戸高と特命班のリーダーがやってきた。たしか、早川という名だった。四十代半ばの警部補だ。

早川は、竜崎の正面で気をつけをした。戸高はいつものように、ちょっと崩れた姿勢だった。片方の脚に体重を載せている。

竜崎は、早川に言った。

「うちの戸高の仕事のやり方が気に入らないそうだな？」

早川はきびきびした口調でこたえた。

「気に入らないとか気に入るとかいうことではありません。いっしょに捜査をするからには、足並みをそろえるべきだと思います」

「足並みがそろっていないのか？」

「私の班の中には、戸惑っている者がいます」

おそらく、ひかえめな言い方なのだろうと、竜崎は思った。

戸高といっしょだった若い捜査員のことを思いだした。二人を見かけたときは、特に問題なさそうだった。

本庁から特命班がやってきたのは、一昨日《おととい》のことだ。一日か二日の間いっしょに仕事をしただけで、他人の勤務態度を云々《うんぬん》するのもどうかと思うが、捜査というのは、それだけ真剣勝負だということなのかもしれない。

「誰がどういうふうに戸惑っているのか、具体的に説明してくれ」

「ここにおられる戸高君と組んでいる根本が言っていることです。我々は、課長や係長の指示に従って捜査を進めています。ですが、根本に言わせると、どうも戸高君の行動が散漫で、係長の指示どおりではないように感じられるようなのです」

戸高は、他人事《ひとごと》のような顔をしている。竜崎は尋ねた。

「彼らはそう言ってるが、どうなんだ？」

「俺はいつもどおりやってますよ」

「いつもどおりでは、捜査一課の面々が納得しないということじゃないのか？」

「彼らは、俺たちの助っ人《すけと》でしょう？　俺は俺のやり方で、ホシを追ってるんです」

竜崎は、早川に尋ねた。

「戸高の行動が散漫だということだが、もっと具体的な話を聞きたい。どういう点が散漫だと感じるんだ？」

「我々は割り当てられた区域で、聞き込みなどの捜査を行います。ですが、戸高君はその割り当てを無視して、好き勝手な場所に足を運ぶらしい。そして、とても系統立ったとはいえない捜査をしているようなのです」

竜崎は、戸高を見た。

「それについては、どうなんだ？」

「どうって……。まあ、たしかに割り当てられた区域からはみ出して捜査することもありますよ。でもですね、別に大森署の管轄《かんかつ》の外に出るわけじゃないですし、関連する事項がひらめいたら、そちらを調べに行きたくなるでしょう」

　竜崎は言った。

「それでは、区域を分担する意味がないのではないか？」

「区域の割り当ては、目安だと思ってます。系統立っていないと言われましたがね、俺自身の中では系統に沿って捜査しているんですよ」

　早川が、竜崎のほうを向いたまま言った。

「ひらめきや思いつきで捜査をするのは、非効率的です。指揮官の指示に従うのが最も効率的なはずです」

　効率ということを考えれば、たしかに早川の言うとおりだ。捜査本部などは、早川の言うように捜査員たちが、本部の方針に従って無心で行動するから効果が上がるのだ。

　だが、戸高の言い分もわからないではない。捜査感覚というのは、人それぞれだ。それを画一的に扱うのはあまり賢い管理の仕方とは言えない。

　たしかに管理者は楽をできる。あるいは、リスクを回避できる。ただそれだけのことで、優秀な捜査員が実力を発揮できなくなるというのでは意味がない。

竜崎は、早川に言った。

「昔から、優秀な捜査員というのは、ひらめきを大切にするというじゃないか」

「今は、捜査員個人の資質や能力に頼っていられる時代じゃありません。専門職の力も借りて、しっかりと役割分担をして、組織力で捜査をする時代なのです」

「そのとおりだと思う。しかし、所轄の捜査は、組織力だけに頼るわけにはいかない。個人の努力が大きくものを言うこともある」

「それは、捜査員が真剣に捜査に取り組んでいるということが前提になると思いますが……」

聞き捨てならない台詞《せりふ》だと思った。

「戸高が真剣に捜査に取り組んでいないと言いたいのか？」

「昨夜は、放火犯の捜査を根本一人に任せて、姿を消してしまったということです」

まさか、また賭《か》け事でもしに行ったのではないだろうな……。

竜崎は、戸高に尋ねた。

「それは、本当なのか？」

「たしかに、根本とは別行動を取りましたよ」

「それは、放火について関連する事項がひらめいたからなのか？」

「いえ……」

珍しく戸高が口ごもった。「実は、別件で……」

「別件……？　強行犯係の別の事案ということか？」

関本課長が懸念《けねん》していた。所轄の刑事は、一つの事案だけに専念してはいられない。それを、捜査一課の刑事たちがどう考えるか心配していたのだ。

戸高が、開き直ったように竜崎を見て言った。

「強行犯係の事案じゃありません」

竜崎は驚いた。

「どういうことだ？」

「情報屋からのタレコミがあったんです。ひき逃げ事件について、耳寄りの話があると……」

「ひき逃げ事件……？　君は、捜査本部に参加することを拒んだんだ。放火犯を追っかけたいからと言って……。それなのに、放火犯の捜査をないがしろにして、ひき逃げ事件の捜査をしていたということか？」

戸高はしかめ面《つら》になった。

「俺だって放火犯の捜査に専念したいですよ。でもね、情報屋の言うことは無視できないじゃないですか」

「誰か他の人間に任せられなかったのか？」

「署長、情報屋ってどういうものか知ってますか？　捜査員は、自分の情報源を他人には明かしません。一種の信頼関係が重要なんです。情報屋は、他の捜査員には何も話しませんよ」

「なるほどな……。それで、有力な情報が得られたのか？」

戸高は、声のトーンを落とした。

「有力というか……。まだ、確認が取れていないので、何とも言えません」

「どんな情報だ？」

「だから、確認が取れていないんです。いい加減なことを言って、ひき逃げ事件の捜査を混乱させたくはありません」

「情報を独占したい気持ちはわからないではない。だが、現在、ひき逃げの捜査は、手詰まりの状態だ。どんな情報でもほしいんだ。未確認情報でもいい。捜査本部で確認を取ればいいだけのことだ」

戸高は、しばらく考えていた。

「あまり信憑性《しんぴょうせい》のない話なんです」

「それでもいいと言ってるんだ」

関本課長と早川は、話が妙な方向に流れて行ったので、戸惑っている様子だった。

戸高は、彼らの顔を見てから竜崎に言った。

「その情報屋は、ひき逃げの現場を見たという人物から話を聞いたというんです。その人物は、当時、交差点が見えるコンビニの前にいて、事故を目撃したんだそうです」

「驚いたな……」

竜崎は言った。「捜査本部でいくら探しても、有力な目撃情報がなかったんだ」

「街中は、人が流動的ですからね。聞き込みに回っても、なかなか目撃者を見つけることはできませんよ。でもね、目撃情報を見つけて持ってくるやつもいるんです。金目当てとか、いろいろな理由でね」

「金を渡しているのか？」

「そりゃ、相手は情報屋ですからね」

「その人物は、何を見たと言っているんだ？」

今では、関本課長も早川も戸高に注目していた。

戸高は、おもむろに言った。

「轢《ひ》いたのは、黒っぽいセダンだったと言ってます。メーカーも車種もだいたいわかります」

「ナンバーは？」

ナンバーがわかれば、Nシステムを使って、当該車両の逃走経路がわかるかもしれない。

戸高はかぶりを振った。

「残念ながら、ナンバーは見ていないということです」

「そうか……」

「その代わり、情報屋によるとそいつは、運転席にいる男の顔を見たというんです。そして、その男に見覚えがあると……」

「運転していた男の身元がわかるのか？」

「ここから先が眉唾《まゆつば》でしてね……。慎重に対処しないと面倒なことになるんで……」

「何者なんだ？」

「本当は、確認が取れてから報告したかったんですがね」

いつになく慎重だ。

「いいから、報告してくれ。その男は何者なんだ？」

「あくまでも、情報屋が聞き込んだことですよ」

「わかっている」

それでも、戸高は渋っている。竜崎は、黙って待つことにした。

しばらくしてようやく戸高が口を開いた。

「隆東会の幹部だと、そいつは言うんです」

「隆東会……？」

どこかで聞いたことがあると、竜崎は思った。

関本が驚いた表情で言った。

「ヤクの売人の件で、そのバックにいたという指定団体じゃないか」

思い出した。

その団体についての情報をくれと、麻取りの矢島が言っていたのだ。

竜崎は、少しばかり混乱しそうになった。

どうして、ひき逃げの捜査で、その名前が出てくるのだろう。

戸高が言った。

「ガセかもしれませんよ。隆東会の幹部が、ひき逃げなんかする理由は思いつきませんからね」

竜崎は、戸高に言った。

「麻薬や覚醒剤《かくせいざい》なら、その理由になるか？」

戸高は、怪訝《けげん》な顔をした。

「何ですか、それ……」

「麻薬の売人を検挙したことは知っているな？」

「ああ、それで麻取りが怒鳴り込んで来たんでしょう？　泳がせ捜査が台無しになったと言って……」

「麻取りの矢島は、台無しにしたと言ったわけじゃない。台無しにするところだった、と言ったんだ」

「ヤクの売人がどうかしましたか？」

「麻取りの矢島は、売人の背後に隆東会がいると言っていた」

「まあ、そりゃ不思議はないですがね……」

「そして、ひき逃げの被害者は、元外務省の職員で、かつて、コロンビアに密接に関わっていたことがある」

「コロンビア……」

戸高も混乱している様子だ。

竜崎も、軽率に結論を出す気はなかった。ただ、進展のなかった捜査が、徐々に動きはじめそうな気がしていた。

ひき逃げ事件の捜査と麻薬捜査がつながる可能性が出て来た。

竜崎は関本課長に言った。

「組対係に確認してくれ。麻取りの件で、隆東会について洗っているはずだ」

「わかりました」

戸高が不満そうに言った。

「俺のネタですよ」

竜崎は戸高に言った。

「ごくろうだった。その件は、ひき逃げ事件の捜査本部で洗うから、君は放火犯の捜査に専念してくれ」

竜崎は、早川を見て付け加えた。「それでいいな？」

早川は、すっかり毒気を抜かれたような顔をしている。

戸高は、ただ肩をすくめただけだった。

19

午後になり、再び関本刑事組対課長がやってきた。

「戸高から聞いた、隆東会幹部の名前を確認しました」

「組対係の情報か？」

「そうです。天木《あまき》兼一《けんいち》、三十六歳。たしかに、隆東会の構成員で、幹部らしいです」

関本が写真を提示したので、それを受け取った。坊主《ぼうず》刈りで、眉《まゆ》を剃《そ》った、いかにもそれらしい人物の写真だ。

「天木兼一の所在は？」

「まだ確認していません」

「なぜだ？　すぐに所在確認すべきだろう」

「捜査本部の指示を仰ごうと思いまして……。勝手に動くとまずいでしょう」

なるほど、判断の難しいところだ。所轄《しょかつ》の判断で勝手に動くと、後で面倒なことになりかねない。

「捜査本部にはもう話したのか？」

「いえ、署長がご報告なさるべきだと思います」

「誰が報告してもいっしょだろう」

「いえ、誰が報告したかで、事実の扱いが変わってくることもあります」

竜崎は、会議用のテーブルの上に並べられたファイルの列をちらりと見た。今日中にすべての書類に眼を通して、判を押さなければならない。

小さく溜《た》め息をついてから関本に言った。

「天木兼一についての書類をくれ」

「はい」

関本は、住所や経歴、逮捕歴などが書かれた書類を差し出した。それを受け取ると、素早く眼を通した。

書類と写真を重ねると、立ち上がった。

「捜査本部に行ってくる」

話を聞いた土門交通捜査課長は、まず眉をひそめた。

「目撃情報ですか？　では、目撃者の証言を取りたいですね」

「うちの捜査員が飼っている情報屋が入手した情報なんです。署に呼びつけるわけにもいかない」

「情報の出所がどうだろうと、目撃情報なら録取書を作らないと……」

「被疑者の身柄を押さえるのが先決でしょう」

「しかし、それがどれくらい信憑性《しんぴょうせい》があるのか、確かめないと……。情報屋と言いましたね。金目当てのガセネタかもしれないじゃないですか」

「ガセでも何でも、とにかく手がかりには違いない。捜査は手詰まりだったのでしょう？　被疑者を目撃したというのは、きわめて重要な情報だと思いますがね」

土門課長は、しばし考えてから、管理官の一人を呼んだ。

「新たな事故の目撃情報が入った。その目撃者によると、当該車両は黒のセダン。運転していたのは、この男だそうだ」

竜崎が渡した写真と資料が手渡された。

管理官は、それを見てつぶやくように言った。

「隆東会……」

竜崎は、その管理官に言った。

「そうだ。ひき逃げを目撃した者がいて、当該車両の運転席に、隆東会幹部の天木兼一が乗っていたと証言しているのだが、どう思う？」

管理官は、何を言われたのか理解できないような顔で、土門課長を見た。それから、視線を竜崎に戻して言った。

「どう思うも何も……。隆東会と天木兼一の自宅に捜査員を急行させて、所在を確認すべきだと思いますが……」

竜崎はうなずいた。

「私も同じ意見だが、交通捜査課長は、証言の真偽をまず確かめたいと言っている」

管理官が不思議そうに言う。

「天木兼一の身柄を引っぱれば、真偽ははっきりすると思います」

土門課長が、少しばかりうんざりした口調で言った。

「ええ、署長のおっしゃるとおりだと思います。捜査員を急行させましょう」

土門課長にしてみれば、捜査本部ではなく、所轄の捜査員が情報を入手したというのがおもしろくないのかもしれない。

だが、そんなことにこだわっている場合でないことは、小学生にでもわかる。あとは、管理官たちがうまく処理をしてくれるだろう。

竜崎は、署長室に戻ることにした。

土門課長が言った。

「署長が直接指示を出されてはいかがです？」

竜崎はこたえた。

「私はその立場にありません」

「副捜査本部長でしょう」

「捜査本部長である、交通部長も私も捜査本部には常駐できません。だからこそ、捜査本部主任のあなたがいるわけです。現場への指示は、本部に常駐して継続的に事案の経緯を把握できる者が出すべきです」

「目撃情報は、あなたが持ってきたのです。今のご発言は、責任逃れにも聞こえますが……」

「責任逃れ？」

竜崎はあきれた。「責任ならいくらだって取りますよ」

捜査本部を後にして、署長室に戻った。

書類の判押しを再開した。半ば自動的に書類をめくり、判を押す。その動作を続けながら考えた。

ひき逃げの被害者が、外務省の元官僚で、在ブラジル日本大使館に勤めていたことがあり、コロンビアに頻繁に出張していた。

東大井の殺人事件の被害者は、外務省の職員だ。そして、担当が南米だった。さらに、被疑者として外国人が浮上してきているという。

この二件は関連があると考えるべきだろう。

さらに、ひき逃げ事件の被疑者として、隆東会の幹部、天木兼一の名前が浮かんできた。

そもそも、隆東会の名は、麻取りの矢島から聞いたのだ。

東大井の事案の殺害方法は、明らかにコロンビアの麻薬カルテルやそれに関連する左翼ゲリラのものだったと、伊丹が言っていた。

つまり、東大井の事案も麻薬がらみだと考えられるわけだ。

伊丹は、これらのことを知っているだろうか。

東大井の事案の捜査本部にはけっこう顔を出しているようだし、ひき逃げの捜査本部にも時折臨席している。しかも、伊丹は刑事部長だ。彼のもとには、あらゆる刑事事件の情報が集約される。

放っておいてもだいじょうぶなはずだ。ひき逃げの事案について、竜崎が伊丹に報告する義務はない。

だが、どうも気になった。

竜崎は、手を止めてしばし考えた。それから、携帯電話を取り出し、伊丹の携帯電話にかけた。

「何だ？」

声を潜めている。

「今、どこにいる？」

「本庁で会議中だ」

「じゃあ、かけ直す」

「待て」

そのまま、しばらく待つと、伊丹の声の調子が普通に戻った。「何か用があるからかけてきたんだろう？　しかも、おまえから電話がある場合は、たいてい重要な用件だ」

おそらく、会議をしていた部屋から外に出たのだろう。

「会議を抜け出していいのか？」

「たいした会議じゃない」

「そういう会議で時間をつぶせるおまえの立場がうらやましい」

「皮肉を言うために電話してきたわけじゃないだろう？」

「ひき逃げ事件の目撃情報の話、聞いているか？」

「いや。目撃情報が取れたのか？」

「うちの戸高が、情報屋から聞き出した。車を運転していたのは、隆東会の幹部だ」

「隆東会……？　指定団体だな？」

「うちの管内に事務所がある」

「それをわざわざ知らせてくれたというわけか」

やはり、伊丹は気づいていないようだ。

「管内で麻薬・覚醒剤《かくせいざい》の売人を逮捕した。だが、その売人は、泳がせ捜査で麻取りがマークしていた。それで、麻取りが怒鳴り込んできて、そのときに売人の背後で隆東会が糸を引いていることを知った」

「麻取り……？」

「そうだ。東大井の殺人事件とひき逃げ事件には、いろいろと関連を疑う事実がある。まず、被害者だ。どちらも、外務省でコロンビアに関係していた。東大井の事案では、殺害の方法から、被疑者としてコロンビア人が浮かんでいるんだろう？　そして、麻取りが追っている事案と、ひき逃げ事件も、隆東会でつながった」

「待て」

伊丹の口調が変わった。「つまり、その三件は、すべて関連しているということか？」

「そう考えるべきだと思う」

「参ったな……」

「何がだ？」

「被害者が外務省がらみで面倒なんだ。その上、厚労省まで絡《から》んでくるのか……」

「麻取りのことか？」

「そうだ。麻取りが追っていた事案と、殺人事件、ひき逃げ事件が関連しているんだろう？　そうなれば、麻取りは必ず口を出してくる」

「かまうことはない。警察は警察のやるべきことをやればいい」

「おまえは、いつもそう言うが、そんなに簡単なことじゃない。外務省も厚労省も、自分の思惑で動こうとするだろう。こっちは、所詮《しょせん》は都の組織だ。警察庁だって、省には勝てない」

「省だ庁だという問題じゃない。殺人事件なんだから、警察が捜査をするのが当たり前なんだ」

「もちろん、それは大前提だ。だが、実際にはその前提に、いろいろと条件が加わってくる」

伊丹と話しているのが、急にばかばかしくなってきて、竜崎は電話をしながら、判押しを再開していた。

「条件が加わろうが何だろうが、本質は変わらない。殺人事件の捜査は警察の役割だ。外務省や厚労省が殺人犯を逮捕・送検できるわけじゃない」

「実は、公安が危惧《きぐ》しているのは、その点なのさ」

「その点？　どの点だ？」

「もし、東大井の事案の被疑者がコロンビアの左翼ゲリラだったら、殺人事件というより、政治的な事案になる」

「そんなことはない。れっきとした刑事事件だ。警察が国内法に則《のっと》って処理すればいいんだ」

「他国のゲリラに、外務省の職員が殺されたんだ。そう簡単にはいかない」

「どうしてみんなそんなに物事を複雑に考えたがるのだろうな。国内で起きた犯罪に関しては、警察が担当する。それが原則だ」

「公安は、もっと政治的に物事を考えたがるのさ」

「公安だって警察官なんだ。余計なことを考えるなと言ってやれ」

「おまえが言ったらどうだ？」

「俺が東大井の事案を担当しているわけじゃない」

「担当してくれてもいいんだぞ」

「冗談を言うな。第一、うちの署の管轄《かんかつ》じゃない。それに、まだ、実行犯が左翼ゲリラだと決まったわけじゃないんだろう？　コロンビア人だとしても、麻薬カルテルなどの犯罪組織の構成員の可能性だってあるわけだ」

「それはそうだが、俺は刑事部長として、最悪の事態を想定しておかなければならない」

「想定するのはいいが、最悪の事態に怯《おび》えて、最良の方策を取り損ねるのは愚かだ」

しばらく間があった。

「そうだな。考えてみる。知らせてくれて礼を言う。ひき逃げ事件は、交通部長の事案なんで、俺のところに情報が来るのがどうしても遅くなるんだ」

「外務省だ、厚労省だ、左翼ゲリラだと、余計なことを考えずに、殺人事件の捜査を進めるんだな」

「努力する」

竜崎は電話を切った。

そのとたんに、机上の電話が鳴った。出ると、斎藤警務課長が言った。

「麻取りの矢島さんからお電話ですが……」

「つないでくれ」

「あの……」

「何だ？」

「そうとう興奮なさっている様子ですが……」

「わかった」

すぐに外線につながった。

「竜崎です」

名乗ったとたんに、相手は喚《わめ》いた。

「あんた、どういうつもりだ」

「何のことです？」

「捜査員が隆東会を訪ねたというじゃないか。新たなターゲットを見つけて、泳がせ捜査を継続すると決めたじゃないか。この微妙なときに、なんてことをするんだ。捜査をぶち壊しにするつもりか？」

「その捜査員は、ひき逃げ事件の捜査本部の者です。私が行かせたわけではありません」

「そんな小学生みたいな言い訳が通用するか。あんたの署の管内での出来事だ。あんたの責任だろう」

「ひき逃げ犯についての目撃情報があったのです。捜査をしないわけにはいきません」

「そんなこと知るか。俺は、こっちの捜査をぶち壊されたくないだけだ」

「我々だって、やらなければならないことがあります。麻薬・覚醒剤捜査の対象になっているからといって、殺人事件の捜査をおろそかにするわけにはいかないのです」

「殺人事件……？　ひき逃げと言わなかったか？」

「たいへん悪質なひき逃げ事件で、殺人として捜査しています」

「その犯人が、隆東会の構成員だというのか？」

「幹部の一人だという目撃情報がありました」

「そういうことは、すぐに俺に知らせるべきだろう。情報を共有するという約束だ」

「ひき逃げ事件の情報まで共有する必要はないでしょう」

「隆東会に関する情報だ。約束は守ってもらう」

「今知らせました」

「捜査員が踏み込む前に知らせるべきなんだよ」

「殺人の捜査は、一刻を争うのです。麻取りの判断を仰いでいる余裕はありません」

「何度も言わせるな。警察は、長い間かかって慎重に内偵を進めてきた俺たちの事案を台無しにする気か。そっちがそういう態度なら、捜査協力の話はなかったことにするぞ。こっちはこっちのやり方でやらせてもらう。警察ふぜいが厚労省に勝てると思うな」

「勝ち負けの問題ではありません。そちらが大がかりな麻薬・覚醒剤についての事案の捜査をしていることは心得ています。その事案が、二件の殺人と関係があるかもしれないのです。こちらも引くわけにはいきません」

矢島は、しばらく無言だった。

「二件の殺人と関係があるだって？　それはどういうことだ？」

興味を持った口調だ。ようやく興奮が冷めてきたようだ。

「東大井の殺人事件と、ひき逃げ事件です」

「詳しく説明してくれ」

その必要があるだろうか。

竜崎は、しばし考えた。二件の事案の背後には麻薬カルテルが関係している可能性が強い。そして、隆東会が関与している可能性も出てきた。

矢島に事情を説明して、何か情報を引き出せればそれに越したことはない。そういう結論に達した。

「東大井の殺人事件の被害者は、外務省の職員でした。所属していた部署は、中南米局南米課。コロンビアネクタイと呼ばれる手口で殺害されていました。そして、ひき逃げ事件の被害者も、元外務省職員で、かつて在ブラジル日本大使館に赴任していたのですが、実際はコロンビア関係の事案を担当していたことがわかっています。さらに、今日になって、ひき逃げの実行犯が、隆東会の幹部かもしれないという情報を入手したのです」

矢島は、無言だった。

竜崎は、かまわずに話を続けた。

「東大井の殺害の方法で明らかなように、これらの事件の背景には、コロンビアの麻薬組織が関与している可能性が強い。そこで、今度はこちらからうかがいたい。あなたは、隆東会がらみの麻薬・覚醒剤捜査において、背後にコロンビアのカルテルなどが関与している可能性にお気づきでしたか？」

矢島のうめくような声が聞こえた。

きっと、何か知っていたに違いない。

竜崎は、再度尋ねた。

「知っていたのですか？」

しばらくして矢島がこたえた。

「その質問にこたえることはできない」

「それでは約束が違う。あなたは、先ほど、こちらが約束を守るべきだと言いました。私も同じことを言わせてもらいます」

「俺には、そのことについて、警察に話をする権限がない」

「今さら、権限がない、では通りませんよ。こちらは、手の内をさらしたのです。何も話をしてくれないのなら、こちらもあなたが言ったのと、同じことを言わねばなりません。つまり、こちらはこちらのやり方でやらせてもらうということです」

また、矢島がうなった。

竜崎は、彼が何かしゃべりだすまで待つことにした。

やがて、矢島は言った。

「俺たちの目的は、隆東会のコネクションだ」

「コネクション？」

「つまり、どこから麻薬・覚醒剤《かくせいざい》を仕入れるのかということさ。コロンビアのカルテルも可能性の一つだったことは否定しない」

「隆東会と接触したコロンビア人がいるということですか？」

「そこまで具体的なことはつかめていない。だから、隆東会をマークすることにしたんだ。慎重に捜査を進める必要があった。それなのに、刑事が土足で踏み込むような真似《まね》をしやがって……」

「隆東会とコロンビアのカルテルのコネクションは、充分にあり得るということですね？」

「ああ。あり得る。だが、警察が行ったことで、隆東会も慎重になる。捜査がやりにくくなった」

「そうでしょうか？」

「当然だろう。そんなこともわからないのか」

「捜査員は、ひき逃げ犯の身柄を押さえようとしています。被疑者の身柄を引っ張ってくれれば、事件の背後関係も聞き出すことができるでしょう。隆東会とコロンビアのカルテルの関係も明らかになるかもしれません」

「ひき逃げ犯は、幹部の一人だと言ったな。そんなやつが、簡単に吐くと思うか？」

「警察の取り調べは甘くはありませんよ」

「東大井の殺人の手口は、コロンビアネクタイだったと言ったな。隆東会のやつらも、そのことは知っているだろう。へたなことをしゃべると、自分もそうなるということがわかっている。簡単にはしゃべらないよ」

「ひき逃げの捜査をきっかけに、大胆な捜査ができるかもしれません。東大井の殺人事件も関連しているとなれば、そちらの捜査本部でも隆東会とコロンビアの関係を洗うことになるでしょう」

「冗談じゃないぞ」

「もちろん、冗談ではありません。殺人の動機や背後関係は明らかにしなければならないのです」

「警察は、あくまでも俺たちの邪魔をするということだな？」

「そんなことは言っていません。こちらにもやるべきことがあるということです」

「あんたらは、殺人犯を捕まえればそれでいいんだろう？　だが、俺たちはそうはいかない。麻薬・覚醒剤の流通経路を明らかにして、それを摘発しなければならない。どうして、厚労省に麻取りがあるかわかるか？　麻薬が国を滅ぼすこともあるからだ。阿片《あへん》戦争の例を見てもわかる。俺たちは国家と国民を守るために戦っているんだ」

「私だって国家公務員です。国を守ろうとする気持ちは同じです」

「だったら、俺たちの邪魔をしないでくれ」

「外務省の職員と元職員が殺害されたのですよ。あなたは、それを放っておけと言うのですか？　同じ公務員である、あなたが」

矢島は、言葉に詰まったようだ。しばらく無言の間があった。

「俺たち厚労省というのはな、かつての内務省の役割も継承しているんだ。正直に言うと、外務省のことなど知ったこっちゃない」

「ほう。知ったことではないと……。でも、それは、おそらくあなたの本音ではないでしょう」

「本音かどうかなんて、あんたには関係ない。外務省の職員と元職員が、コロンビア絡《がら》みで殺されたって？　そいつは、おそらく自業自得《じごうじとく》だよ」

「自業自得……」

竜崎は考えた。「被害者たちが、コロンビアのカルテルから何らかの供与を受けていたという意味ですか？」

「警察の鈍さにはあきれるな。コロンビアネクタイというのは、見せしめだよ。それは裏切り者に対する処刑を意味している。そんなこともわからないのか」

おそらく、東大井の捜査本部では、そういう見解も出ているだろう。公安がついているのだ。

だが、これまで竜崎はそこまで深く考えたことはなかった。

矢島の言うとおりだと、竜崎は思った。裏切り行為でもなければ、コロンビアのカルテルや左翼ゲリラだって、わざわざ日本でコロンビアネクタイなどという殺害方法は取らないだろう。

無言で考えていると、矢島の声が聞こえてきた。

「おっと、ついしゃべりすぎてしまった。とにかく、これ以上刑事に隆東会のまわりをうろちょろさせるな」

電話が切れた。

20

署長として雑務をこなしながら、麻取りの矢島からの抗議を、ひき逃げの捜査本部に伝えるべきかどうか考えていた。

伝えておいたほうがいいだろう。一人で背負い込むのははばかげている。捜査本部長は、柿本交通部長なのだから、下駄《げた》を預けてしまえばいい。

午後四時過ぎに、ようやく手があいて、捜査本部を訪ねることができた。

柿本部長はいない。竜崎は、土門交通捜査課長に言った。

「柿本部長と連絡を取りたいのですが……」

土門の顔色がちょっと変わった。警察は上意下達《じょういかたつ》が原則だ。課長といえども、おいそれと部長には電話できないのだ。

緊急性を重視しなければならない警察という組織において、そういうしきたりとか遠慮は最大の障害かもしれないと、竜崎は思う。

だが、こういう体質は、なかなか改まるものではない。

「署長は、副捜査本部長じゃないですか。署長から連絡なされればいいと思います」

「同じ交通部同士だから、連絡が取りやすいのではないかと思っただけです。では、私が電話をしてみましょう」

土門は、さらに落ち着かない様子になった。見かけは刑事のようにいかついが、けっこう小心者だということがわかってきた。

「いえ、やはり私が電話してみます。お待ちください」

土門が受話器を取り、短縮ダイヤルのボタンを押した。おそらく、交通総務課にかけたのだろう。直接部長にかけるとは思えない。

しばらく待っていると、ようやく部長と電話がつながったと、土門が告げた。

竜崎は、手近にある受話器を取った。

「竜崎です」

「どうしました？」

「被疑者の目撃情報については、お聞きですか？」

「すでに報告は受けています。指定団体の幹部だということだが、所在の確認はまだ取れていないということですね？」

「天木兼一、三十六歳。隆東会の幹部です。捜査員が、組事務所と自宅に急行しました」

「当然の措置ですね」

「実は、そのことで麻取りからクレームがつきまして……」

「どういうことです？」

「麻取りは、ある売人の泳がせ捜査をやっていたのです。その売人のバックに隆東会がついていました。麻取りの本命は、隆東会が持つ麻薬・覚醒剤《かくせいざい》のコネクションをつきとめ、それを叩《たた》くことだったようです」

無言の間。おそらく、柿本部長は驚き、そして考え込んでいるのだろう。竜崎は、柿本の言葉を待った。

「面倒なことになりましたね……」

「麻取りは、隆東会とその麻薬コネクションを摘発することを第一に考えています。殺人事件の捜査で、警察が隆東会の周辺を捜査することを、自分たちの捜査の妨害だと言っています」

「彼らの言いそうなことです」

「売人の泳がせ捜査については、大森署の刑事課と捜査協力をするという話になっていたのですが、今回、隆東会の事務所に捜査員が出向いたことで、麻取りは態度を硬化させました」

「捜査協力……？　経緯を話してもらえますか？」

竜崎は、売人の逮捕から始まる一連の出来事を説明した。話を聞き終わると、柿本部長はうめくように言った。

「どうして事前にそのことを話してくれなかったのです？」

怨《うら》みがましい口調だ。

「話していれば、どうなったというのです？　隆東会の事務所に捜査員を近づけなかったとでも言うのですか？　それでは、麻取りの言いなりではないですか。麻取りが何を言ってこようが、こちらはこちらの捜査をすべきなんです」

「それはそうですが……。何かうまいやり方があったかもしれません」

「うまいやり方？　こちらの捜査と麻取りの要求を両立させる方策のことですか？そんなものはあり得ません」

「協力態勢を維持すれば、情報を引き出すこともできたでしょう？」

「ひき逃げ事件に必要な情報なら、すでに聞き出したと思います」

「どんな情報です？」

「隆東会が、コロンビアのカルテルから麻薬・覚醒剤を仕入れる可能性があるということです」

「コロンビアのカルテル……。ひき逃げの被害者は、在ブラジルの日本大使館に赴任していたことがあり、コロンビアの事案にも関わっていたのでしたね……」

「そういうことです。隆東会とそのコネクションの話は、あくまでも事件の背後関係として押さえておけばいいのです。取引の規模だとかルートだとかいう詳細については、麻取りに任せておけばいい」

「なるほど……」

「我々にとって大切なのは、隆東会そのものではなく、幹部の天木兼一なのです。その身柄さえ押さえられれば、あとは麻取りが何をやろうが、いっこうに構わない」

「それはそうですが……」

「麻取りは、我々の捜査が、向こうの捜査の妨害になっていると言っています。何か手を打ってくるかもしれません」

「手を打ってくる……？」

「最悪の場合、厚労省から警察庁に圧力がかかることも考えられます」

「殺人の捜査に横槍《よこやり》を入れてくるというのですか？　そんな……」

「麻取りはやりかねませんよ。担当者は、国を守るためには、麻薬・覚醒剤の捜査のほうが、殺人の捜査より重要だというようなことを、はっきり言っていましたからね。

まあ、極論を言ったのだと思いますが、半分は本気のはずです」

「それで、竜崎さんはどうなさるおつもりですか？」

「所轄署《しょかつしょ》の署長には、どうすることもできません。だから、部長に電話したのです」

柿本は、溜《た》め息をついてから言った。

「あなたは、かつて、警察庁の長官官房におられたのでしょう？　警察庁に知り合いがたくさんいらっしゃるはずです。そちらで何とかできないのですか？」

「私は、降格人事で警察庁を追われた身ですよ。キャリアがそういう人間とどういう風に付き合うか、よくご存じでしょう」

「あなたは特別だと聞いています」

「それは誤った情報ですね。いずれにしろ、私に警察庁の上層部を動かす力はありません。それに、こういう問題に対処するのに、個人的なコネではどうしようもありません。上層部がちゃんと対処しなければ……」

またしばらく無言の間があった。やがて、柿本は言った。

「お話はわかりました。どう対処すればいいか、考えてみます」

「よろしくお願いします」

竜崎は、電話が切れるのを待ってから受話器を置いた。

この先、矢島がどう出るかわからない。彼は、ただ警察を牽制《けんせい》しているだけなのかもしれない。

いくら麻取りが強引だからといって、厚労省の上層部から警察に圧力をかけることなどできないかもしれない。

だが、手は打っておくべきだ。柿本部長に問題を預けたことで、少しだけ肩の荷が下りた気がした。

竜崎が署長室に戻ろうとすると、土門課長が言った。

「今の話、聞こえたのですが……」

「もちろん聞いてもらってかまいません。むしろ、聞こえるように話をしたのですから……」

「天木兼一の行方がわかりません」

竜崎は、土門課長の顔をあらためて見た。

「姿をくらましたということですか？」

「そう考えていいと思います。指名手配すべきだと思いますか？」

「そうですね。手を打つのは、早いほうがいいと思います」

「しかし、隆東会の幹部を指名手配したとなると、また麻取りが何か言って来ませんか？」

「言ってくるかもしれません。だからといって、こちらの捜査をストップさせるわけにはいきません」

「わかりました。それは副捜査本部長の指示と受け取ってよろしいですね」

「言ったでしょう。責任ならいくらでも取ると」

竜崎は、捜査本部を出て、署長室に戻った。

判押しを再開したが、ふと、連続放火事件の捜査をしている特命班と戸高のことが気になった。

刑事課長に電話をかけてみた。

「関本課長か？　竜崎だ。特命班と戸高の関係は、その後どうだ？」

「今のところは、落ち着いています。本庁の特命班の連中も、戸高が重要な目撃情報を得たということで、いちおう納得しているようです」

「それで、捜査の進捗《しんちょく》状況は？」

「被害者に共通点は見られないところから、愉快犯の可能性が強いと見て、目撃情報を中心に当たっています。被害にあった場所はいずれも住宅街にあるので、必ず目撃情報が得られると思います」

市街地では人が流動的だ。そのため、今回のひき逃げ事件のように、なかなか目撃情報が入手できない。

関本課長が言うとおり、住宅街なら住民が何かを見たという可能性を期待できる。

「進展があったら知らせてくれ」

「了解しました」

電話を切って判押しを始める。その日は、八時頃まで仕事をして帰宅した。

ダイニングテーブルに着いて、ビールを一口飲んだところで、妻の冴子に尋ねた。

「美紀は、まだカザフスタンに行くと言っているのか?」

「本人に訊《き》いてみたら?」

「いるのか?」

「部屋にいますよ」

「呼んでくれないか」

冴子が呼びに行き、戻って来る。ややあって、部屋着姿の美紀がやってきた。

「カザフスタンはどうなった?」

「渡航準備をしなきゃ……。まずビザを取らなきゃならないの」

「たしか、現地からの招待状がいるんじゃなかったか？」

「今は、招待状の代わりにレコメンデーションレターがあればだいじょうぶ。書式は、ネットで調べられる」

「本気で行く気か？」

「忠典さんと、ちゃんと話をする必要があるのよ」

「忠典君が日本に戻って来る機会を待てばいいじゃないか」

「こういうことは、時機が大切なの。思い立った時がチャンスなのよ。でないと、ずるずると結論を出さないまま、月日が過ぎて行く」

「結論が出ているのか？」

「話し合って結論を出すの」

「そういう言い方をするときは、たいてい結論が出ているものだ」

「そうじゃない場合もあるわ」

竜崎は、冴子に尋ねた。

「おまえは、どう思うんだ？」

「あら珍しい」

「何がだ？」

「あなたが、私に意見を求めるなんて」

そんなことはないだろう……。

「それで、どう考えてるんだ？」

「美紀はもう子供じゃないんだから、本人の判断に任せるわよ」

こういう場合は、女親のほうが気丈なのかもしれない。竜崎は、美紀に言った。

「父さんは、心配だから行ってほしくはない」

「心配することないわよ。向こうには忠典さんがいるんだし……」

「若い女性が一人で海外旅行なんて……」

「あら、一人旅をしている女性なんて、いくらでもいるわよ」

「とにかく、父さんは反対だ。よく考えてくれ」

「もう考えたわよ」

「さらによく考えるんだ」

美紀は、黙って下を向いていたが、やがて顔を上げて言った。

「わかった」


翌日も、いつもと同様に午前八時過ぎに署に着いた。

斎藤警務課長と打ち合わせをしてから、ひき逃げの捜査本部に顔を出した。

柿本交通部長と伊丹が臨席している。

二人は何やら真剣に話をしていた。竜崎が席に近づくと、彼らは話をやめた。

席に着くと、伊丹が話しかけて来た。

「交通部長に、東大井とこちらの事案の関連について報告した」

「そうか」

「麻取りの件を含めると、三つの事案がつながっていることになる」

「そういうことだな」

「ひき逃げの件で、隆東会の幹部を指名手配するように指示したそうだな？」

「そうだ。誰が考えても、それが当然の措置だろう。指名手配をするかどうかを決めるのは部長だが、俺はそうすべきだと思う」

「責任を取ると言ったそうじゃないか」

「もちろん、責任は取る」

伊丹がうなずいた。意味ありげな仕草だと感じた。

捜査会議が始まって、会話が中断した。

地取り班、鑑取り班など、班ごとの報告が続く。

犯行に使用された車両についての捜査が進展しそうだった。自動車の修理工場や中古車ショップなどをしらみつぶしに当たっていたのだが、隆東会が手がかりとなって、対象が絞れてきたのだ。

天木兼一の行方はまだわからなかった。だが、指名手配すれば、発見は時間の問題だと、竜崎は思った。

会議の最後に、柿本部長が言った。

「隆東会幹部の天木兼一について、指名手配してはどうかという意見があったようだが、当面、その措置は取らず、非公開で行方を追うことにした」

竜崎は驚いた。

部長の言葉だけに、反論はもちろん質問もなかった。

麻取りに気を使ったとしか思えない。そんなばかな話はない。

発言しようとした竜崎の肩を押さえて、伊丹が言った。

「おまえにちょっと話があるんだ」

柿本部長も、竜崎のほうを見ていた。

嫌な予感がした。

21

土門交通捜査課長や理事官が、さりげない態度を装《よそお》って、席を離れていった。ひな壇に残ったのは、竜崎、伊丹、柿本交通部長の三人だけになった。

ますます嫌な予感がする。

「話というのは何だ?」

竜崎が尋ねると、伊丹は言った。

「昨日電話で話したことを覚えているか? おまえに東大井の事案を担当してもらってもいいという話だ」

「つまらん冗談だ」

「冗談ではないんだ。東大井の事案だけじゃない。このひき逃げの事案も、麻取りとのかけひきも、おまえに仕切ってもらうのが最良の方法だと思う」

「本当につまらん冗談だ」

「三つの事案すべてに精通しているのは、おまえしかいないんだ」

「精通などしていない。俺は、東大井の殺人については詳しい事情を知らない」

「外務省に独自のチャンネルを持っていて、根幹に関わる情報に触れている」

「根幹に関わる情報だって？」

「コロンビアの麻薬カルテルだ」

「麻薬カルテル？　おまえは左翼ゲリラだと言っていなかったか？」

「公安の調べで、その線は消えた。連中が必死になって調べた結果だ。間違いないだろう」

「よかったな」

「よかった？」

「公安は満足してその事案から引きあげるんじゃないのか？」

伊丹は顔をしかめた。

「ところがそうでもない。東大井の殺人は、微妙なところで公安とつながっているらしい」

竜崎はその言葉に、一瞬、興味を覚えたが、話を聞くべきではないと思った。こうやって、秘密を共有して仲間意識を持たせるのが、伊丹の手なのだ。

竜崎が黙っていると、伊丹が続けて言った。

「このひき逃げ事案についても、おまえは外務省のチャンネルから有力な情報を仕入れてきた。被害者がかつて、コロンビアに頻繁に出入国をしていた。つまり、東大井の殺人とこちらのひき逃げ事案との関連を見つけてきたのはおまえなんだ」

「俺は、所轄《しょかつ》の署長に過ぎない。二つの捜査本部をかけ持ちするいわれなどない」

「役職や立場にこだわるなんて、おまえらしくないな。おまえには、その実力がある。それで充分じゃないか」

「充分じゃない。捜査本部には、本庁の部長や課長もいれば、理事官、管理官もいる。そんな連中が、一署長の言うことを聞くと思うか？」

「聞くと思う」

伊丹は、重々しい口調で言った。「おまえは、俺と同じく警視長なんだ」

「階級で仕事ができるほど警察組織は簡単じゃない」

「階級だけじゃない。言っただろう。おまえには、実力と実績があるんだ。これは、柿本交通部長とも話し合って決めたことだ」

竜崎は驚いた。

「決めたことだって？　俺に相談もなしにか？」

「おまえならやってくれると信じていた」

竜崎は、柿本を見た。

「本当に私にこの捜査本部を任せてもいいと考えているのですか？」

柿本は、真剣な表情でうなずいた。

「今さらで失礼なのですが、あなたの実績を調べさせていただきました。あなたになら任せできると判断しました」

「ならば、どうして私の指示を取り消したのです？」

「あなたの指示？」

「隆東会の天木兼一の指名手配です」

「それは、あなたのお立場を慮《おもんばか》ってのことです」

「私の立場……？」

「あなたには、東大井の殺人やひき逃げだけでなく、今後も麻取りとの連絡を担当していただかなければなりません。今、隆東会の幹部を指名手配すると、また麻取りから強硬な抗議が来るでしょう」

まあ、麻薬取締部については、柿本に言われるまでもない。どうせ、矢島は竜崎のところに抗議の電話をかけてくるのだ。

矢島の件に関しては、部長に振ってしまえばいいと考えていたのだが、柿本はそれを竜崎に押し戻そうと考えているようだ。

竜崎は言った。

「麻取りの機嫌をうかがって、容疑者を取り逃がすようなことがあったら、どうするつもりです」

柿本がちょっとひるんだ顔になった。

「そのようなことがないように、捜査員には気合いを入れさせます」

「気合いの問題ではありません。捜査員が実力を充分に発揮できるような最良の措置を取らなければならないのです」

伊丹が間に入った。

「まあ、そう責めるな。指名手配をしないように言ったのは俺なんだ」

「どうしてそんなことを言った？　そんなに麻取りに気を使う必要はないんだ。警察は警察のやるべきことをやればいい」

伊丹は、また顔をしかめた。

「麻取りだけじゃないんだ」

「どういうことだ？」

「東大井の事案が、微妙な形で公安と絡《から》んでいると言っただろう？」

聞きたくはないが、こうなれば聞かざるを得ないようだ。竜崎は黙って話の先をうながした。

「公安の連中は、なかなか話したがらなかったが、俺が公安部長からじかに聞き出した。実は、公安の上層部のごく一部が、被害者の若尾光弘のことを知っていたらしい」

竜崎は思わず眉《まゆ》をひそめた。

「外務官僚として知っていたということか？」

伊丹はかぶりを振った。

「何か複雑な事情がありそうなんだ。だが、公安部長も、詳しいことは知らないと言っている」

「おまえは、公安の上層部のごく一部と言ったが、警視庁で公安のトップは公安部長だ。その部長が詳しいことを知らないということはないだろう」

「キャリアはかなり頻繁に異動する。だから、就任する前の機密事項については、知らされないこともある」

「では、被害者の若尾のことは、誰が知っているんだ？」

「公安のトップは、実は公安部長じゃない。警察庁の警備局だ」

このあたりは、ちょっと複雑な事情がある。警視庁の一般の部、例えば、刑事部や交通部、生活安全部、地域部などのトップは間違いなく部長であり、その上は警視総監だ。

だが、公安部と警備部だけは、警察庁警備局の管轄下にある。もちろん、組織上はそうなってはいないが、実際には公安部の捜査員たちは、警察庁の警備局の指示で動いているという自覚を持っているようだ。

公安事案や警備事案は、都道府県の範囲内に収まらないことが多いからだ。さらに、公安部と警備部は、他の部のように住民に密着した犯罪や違反を取締るというより、国家の治安を守ることを任務としている。

そのために、「特高の生き残り」などと陰口を叩《たた》かれることもある。ちなみに、公安部があるのは、警視庁だけだ。他の道府県警では、警備部の中に公安課と外事課が置かれている。

「ならば、詳しいことを、警察庁の警備局から聞き出せばいい」

「どんな連中かよく知っているだろう？　簡単に秘密を教えてくれるようなやつらじゃない」

「そんなことを言っている場合じゃないだろう。なんとしても聞き出すべきだ」

「できれば、それもおまえにやってもらいたい」

竜崎は、驚いた。

「所轄の署長に押しつけようというのか？　部長のおまえがやるべきだろう」

「もちろん、俺も警察庁警備局から聞き出すように努力する。一方で、おまえの外務省チャンネルにも期待したいわけだ」

「外務省の内山は、若尾殺害の背後には、コロンビアの麻薬カルテルの存在があるということを示唆《しさ》した。さらに、ひき逃げの被害者である八田は、かつて在ブラジル大使館に勤務していて、コロンビアに出入りしていたことがあると教えてくれた。彼はぎりぎりのところまで話をしてくれたと、俺は感じた。これ以上、何かを聞き出すのは無理だ」

「向こうだって警察の手の内を知りたいと思っているはずだ。話し合いの余地はあるだろう」

「話し合いだって？　殺人の捜査なんだ。必要なら令状を取るなりして、強制捜査をすればいいだろう」

「もちろん、そうだ。だが、若尾や八田は被疑者じゃない。被害者なんだ。外務省にガサ入れなどできない。だから、有効な情報源が必要なんだ」

おそろしく面倒なことになった。竜崎はそう考えていた。どんなに面倒なことでも、公務員の仕事ならばこなしてみせる。だが、今伊丹が言っていることは、ずいぶんと理不尽な気がする。

「一署長が、複数の捜査本部の指揮を執るなど、聞いたことがない」

「おまえは、ひき逃げ事案の副捜査本部長なんだ。別に指揮を執ったって、不自然じゃない」

「東大井は、うちの署の管轄じゃない。不自然だ」

「ひき逃げ事案と東大井の事案が関連していると言い出したのは、おまえじゃないか。背後には同じ問題が横たわっているはずだ。それを明らかにするんだ」

「おまえは、刑事部長として両方の捜査本部に顔を出していた。おまえが両方を統括するべきだろう」

「俺よりもおまえのほうが適任だ。俺と柿本部長はそう判断したんだ」

伊丹は言い出したら聞かない男だ。見た目は人当たりがよくて柔和だが、本当はかなり強情な男なのだ。そして、物事が自分の思い通りにならないことに我慢できないのだ。

何をどう言っても、考え直してはくれないだろう。ならば、引き受けるしかない。

竜崎は、そっと溜《た》め息をついてから言った。

「条件がある」

「条件？」

「俺が引き受けるからには、俺のやり方を認めてもらう」

「それは問題ないだろう」

「おまえと柿本部長も、俺の指揮下に入ってもらうことになるが、それでもいいのか？」

伊丹は柿本の顔を見た。柿本は、うなずいた。伊丹が言った。

「当然そうなるだろう。だが、知ってのとおり、俺たちは捜査本部に常駐することはできない」

「部長の権限が必要なんだ。臨席しなくても、指示を出してくれればいい」

「わかった」

「おまえたち同様に、俺も忙しい。だから、専任で俺の代わりに動く人間が必要だ」

「信頼できるおまえの部下を使えばいい」

竜崎はかぶりを振った。

「俺の部下では立場が弱すぎる」

「じゃあ、誰がいいんだ？」

「大井署管内の事案と大森署管内の事案を扱うのだから、第二方面本部の人間がいいだろう。野間崎という管理官がいる。彼をおまえの権限で呼び出してくれ」

「第二方面本部の野間崎……？　おまえと折り合いが悪いやつじゃなかったか？」

「折り合いなど、どうでもいい。使えればそれでいい」

「了解した」

「両方の捜査本部の情報を、大森署の署長室に集約する。野間崎にも署長室に詰めてもらう」

「署長室？　この捜査本部でいいんじゃないのか？」

「言っただろう。俺だっておまえたち同様に忙しいんだ。署長室をあければそれだけ仕事が溜まっていく。署長室には、電話も無線もパソコンもある。充分に機能するだろう」

「両方の捜査本部を行き来してもらおうと思ったんだが……」

「俺のやり方でやる。それを認めるのが条件だろう」

「わかった」

「では、捜査本部を実際に仕切っている主任に徹底してくれ。すべての情報を署長室に送るようにと……。そのための連絡係が若干名必要だ。この捜査本部から人員を都合してもらう」

柿本部長がうなずいた。

「わかりました。それはすぐに手配します」

竜崎は、さらに伊丹に言った。

「おまえは、できるだけ多くのことを、警察庁警備局から聞き出すんだ。その内容が、外務省の内山への説得材料になるかもしれない」

「やってみるよ」

「それからもう一つ」

「何だ」

「隆東会の天木兼一を指名手配してもらう」

伊丹は、眉間《みけん》に深くしわを刻んでしばらく考えていたが、やがて、うなずいた。

「わかった。おまえが麻取りや公安からの抗議の矢面に立つというのなら、言われたとおりにしよう」

竜崎は何も言わなかった。こたえる必要もない。

伊丹が柿本と竜崎の顔を交互に見て言った。

「じゃあ、俺は本庁に戻る。何かあったら連絡をくれ」

竜崎も署長室に引きあげることにした。

無線や電話に対応する連絡係が、二名、署長室にやってきた。捜査本部に吸い上げられていた大森署の署員だ。

午前十時には、第二方面本部の野間崎管理官が、複雑な表情でやってきた。会議用のテーブルに陣取っている連絡係をちらりと見てから、竜崎に言った。

「ここに来て、署長の指揮下に入れとの命を受けましたが、どういうことなんでしょう？」

「事情は聞いていないのか？」

「何でも、竜崎署長が二つの事案の捜査本部を統括なさるとか……。詳しい説明は、署長から受けるようにと言われました」

「東大井の殺人と、大森署管内のひき逃げは知っているな？」

「もちろんです」

「もう一つ、うちの管内で麻薬・覚醒剤《かくせいざい》の売人を検挙したことについて、麻取りから強硬な抗議が来ている。その売人は、麻取りが泳がせ捜査をしていたんだ」

麻取りと聞いて、野間崎の表情が曇った。

「それで……？」

「その三件を私が仕切ることになった」

「署長が……？」

「刑事部長の陰謀だ」

「陰謀、ですか？」

竜崎は、外務省の内山や伊丹の話から、これまでわかった事柄について詳しく説明した。話を聞き終わった野間崎は、しばらく思案顔だった。話の内容をなんとか理解しようとしているのだろう。

やがて彼は言った。

「いつでも、そうやって書類の判押しをやりながら話をなさるのですね？」

言われて気がついた。たしかに竜崎は、書類に判を押しながら話をしていた。

「そうしないと、今日中に書類が片づかないのでね……」

「まあ、それにしても、えらいことを引き受けられましたね」

「私もそう思うよ」

「どうして、私だったのですか？」

竜崎は、手を止めて顔を上げた。

「何だって？」

「どうして私にお呼びがかかったのだろうと思いまして……」

どうしてだろう。

竜崎は考えた。もっと使いやすい人員がいたに違いない。

咄嗟《とっさ》に思いついたんだ。特に理由はない」

「わかりました。それで、当面私は何をすればよろしいのですか？」

「二つの捜査本部から連絡が来る。それをまとめてくれ。捜査本部で管理官がやることだ。慣れているだろう」

「ええ、まあ……」

「そこの椅子《いす》に適当にかけてくれ」

竜崎は、連絡係が並んで着席している会議用のテーブルの周囲の椅子を指さした。

「わかりました……」

野間崎は、釈然としない表情のまま、一番署長席に近い椅子に腰かけた。竜崎は、それきり野間崎のことを気にせず、判押しを続けた。決裁すべき書類はまだ三分の一も片づいてない。

二人の連絡係のもとに、何度か電話が入った。連絡係は、それをメモにして野間崎に届ける。野間崎は、その内容をまとめている。必要があれば、報告してくるだろうと、竜崎は思った。

署長室の外が、ちょっと騒がしくなった。誰かが怒鳴っている。野間崎や連絡係は何事かと戸口のほうを見たが、竜崎にとっては予想していた出来事だ。

麻薬取締部の矢島がどかどかと靴音を鳴らして署長室に入って来た。

「警察は、どこまで邪魔をすれば気が済むんだ」

矢島がいきなり怒鳴った。野間崎と連絡係は目を丸くして立ち上がった。竜崎は、淡々と判押しを続けていた。

22

「天木兼一の指名手配の件ですね？」

竜崎が言うと、矢島はさらに署長席に詰め寄った。

「公開捜査となれば、当然、隆東会の名前がマスコミに流れる。隆東会のやつらは、貝のように口を閉ざし、動きをひそめるぞ。売人の泳がせ捜査どころじゃなくなる。どうしてくれるんだ？」

竜崎は立ち尽くしている野間崎と二人の連絡係に言った。

「麻取りの矢島さんです。構わず、仕事を続けてください」

彼らは、落ち着かない様子で腰を下ろした。矢島は、そんなことは眼中にないという態度で、竜崎を見据えている。

「私は、麻取りに協力しているつもりですよ」

「こんなことをして、何が協力だ」

竜崎は、署長印を置いて矢島を見返した。

「では、うかがいますが、売人の泳がせ捜査をして、どういう結果を得るつもりだったのですか？」

「決まってるだろう。麻薬ルートの解明とその摘発だ」

「具体的には？」

「警察に言う必要はない」

「隆東会とコロンビアの麻薬カルテルの結びつきを解明して、その事実を摘発するということでしょう？」

矢島が少しだけ身を引いた。

「わかっているのなら、邪魔をするな」

「だから、邪魔ではなく協力だと言っているでしょう。天木兼一の身柄を押さえるためには、隆東会への家宅捜索も必要になるでしょう」

「ガサなんぞかけたら、それこそ何もかもぶち壊しだ」

「理解できませんね。麻取りの目的は、麻薬の仕入れや売買を未然に防ぐことなのではないですか？」

「それがどうした？」

「隆東会にガサをかければ、コロンビアのカルテルとの取引に関する手がかりをつかむことができるかもしれません」

「麻薬捜査ってのはな、そんなに簡単なものじゃないんだ」

「大きな獲物を狙《ねら》うあまり、重要なことを見誤っているのではないですか？」

「なんだと？　それはどういうことだ？」

「古い映画やテレビドラマのように、麻薬取引の現場を押さえて、一網打尽にしようとしているように思えますね」

「それの何がいけない？　一網打尽こそ、我々が目指すものだ」

「港の片隅で、ギャングのボス同士が、金と麻薬を交換する。そこにGメンが踏み込み、撃ち合いの末、ギャングたちを逮捕、あるいは射殺する……。まさか、そんな状況を思い描いているのではないでしょうね」

「俺たちをばかにしているのか？　実際の麻薬の取引ってのは、もっとずっと巧妙だ。資金だってすぐにマネーロンダリングされてしまう。だから、注意深くて辛抱強い内偵が必要なんだ」

「だったら、この機会を利用することを考えたらどうです。隆東会は叩《たた》けば必ず何か出る。物品の押収《おうしゆう》だけでなく、組員の身柄を引っぱることも可能でしょう。麻薬に関する情報も聞き出せるかもしれない」

「実態の把握が必要なんだよ」

「一気に叩きつぶすのはリスクが大きい。だからこそ、あなたは、慎重に、慎重に、と何度も言っているのでしょう。まさに一網打尽を狙って、綱渡りをしているからでしょう。そうではなく、隆東会に少しずつダメージを与えていくことこそが有効なのではないですか？　そのほうがリスクは少ないし、効果が上がると思います」

「俺のやり方に口を出すなよ」

「そちらの第一の目的は、麻薬取引を未然に防ぐことのはずです。ならば、一か八かではなく、確実な実績を積み上げていくことが重要なはずです」

矢島は、しばらく無言で竜崎を睨《にら》んでいた。やがて、彼は言った。

「この機会を利用することを考えろと言ったな。それはつまり、ガサに俺たちも加わっていいということか？」

「そちら次第ですね。前にも言ったとおり、天木兼一の容疑はひき逃げ……、つまり、道路交通法違反、自動車運転過失致死罪、あるいは殺人罪ですが、その背後関係として、麻薬カルテルの件があるのは明らかです。麻取りの協力を仰いだとしても、不自然ではありません」

矢島はさらにしばらく考えていた。

「ガサの結果、押収した物品や引っぱった組員などの身柄を俺たちに引き渡してくれると、あんたは言っているわけだ？」

「そういうことに関しては、検察の判断も仰がなければなりませんが、それこそ、厚労省と法務省で話し合いをすればいい。殺人の捜査に支障がない限り、私としては異存はありませんよ」

矢島は、竜崎の机から、また少し離れた。独り言のように言った。

「隆東会に少しずつダメージを与えていく、か……」

竜崎は、何も言わず、判押しを再開した。矢島が続けて言った。

「以前、あんたは、天木兼一は殺人罪だと言ったな？」

彼の声はずいぶんとトーンダウンしている。いつものパターンだと、竜崎は思った。

判押しをしながらこたえる。

「おそらく殺人になると思いますよ。取り調べの結果次第ですが、状況から殺意は明らかです」

「東大井の殺人事件も関連があって、双方にコロンビアの麻薬カルテルが絡《から》んでいるんだったな？」

「その可能性はきわめて大きいと思います。それについて、あなたから情報をいただければおおいに助かるのですがね。実は、東大井の殺人と、ひき逃げと二つの捜査本部の指揮を私が執ることになりました。それで、彼らにここに詰めてもらっています」

　矢島はようやく、野間崎と二人の連絡係のほうを見た。それから彼は、竜崎に眼を戻して眉《まゆ》をひそめた。

「二つの捜査本部の指揮を……？」

　竜崎はうなずいた。

「刑事部長に押しつけられました」

　矢島が驚いた声を出した。

「所轄《しょかつ》の署長に、二つの捜査本部の指揮を押しつけたというのか？　警察というのは無茶をやるな」

「まったくです」

「その二つの事案の被害者は、どちらも外務省関係だったな？　一人は、中南米局南米課か……。そちらの殺害の手口がコロンビアネクタイ」

「はい」

「ひき逃げされたほうは、在ブラジルの日本大使館に勤めていて、コロンビアとの関係があった……。その実行犯の容疑がかかっているのが、隆東会の天木兼一なんだな?」

「そうです。コロンビアネクタイには見せしめの意味があると、あなたは言いましたね? 専門家のご意見をうかがいたいのですが、つまり、二人は、コロンビアの麻薬カルテルを何らかの形で裏切ったということでしょうか?」

「少なくとも、片方は裏切ったんだろうな」

「片方は……?」

「両方が裏切ったのなら、二人とも同じような殺され方をするだろう。カルテルのやつらは情け容赦ない」

「では、どうして日本大使館にいた八田道夫のほうはあんな殺され方をしたのでしょう?」

「直接裏切ったわけじゃないからだろう」

「どういうことです?」

矢島は、肩をすくめた。

「渡りをつけただけ。それなら説明が通る。つまりだ、八田とかいうやつは、ブラジルに赴任してコロンビアに出入りしている頃に、カルテルの連中から接触されたという可能性がある。そして、南米課のやつを紹介した。若尾だっけ? そいつがカルテルと直接仕事をしたんだ。だが、結局裏切った。だから、見せしめに殺された。八田のほうは、若尾を紹介しただけだから、カルテルのやつらからすると、見せしめにするほどではない。だが、生かしておくわけにはいかない。そこで、隆東会に片づけさせることにしたんじゃないのか。隆東会が信頼できるかどうか試す意味もあったかもしれないな」

竜崎は、手を止めて、矢島の顔を見た。彼が言ったことを、頭の中で検討していた。

迷「なるほど、その推理が当たっているとしたら、事実は、外務省の職員からは、なかなか聞き出せませんね」

「ま、そうだろうな」

転「しかし、現職の外務省職員が、カルテルと手を組むなんてことがあるでしょうか？」

「あっても不思議はないさ。カルテルの連中の感覚からすれば、政府の職員を抱き込む、なんてのは、いわば日常だ。それが、国内の役所か海外の役所かの違いがあるだけだ」

「外務省の南米課の職員がカルテルのためにできることというのは、どういうことでしょう？」

「第一に考えられるのは、ビザの発行だろうな。カルテルの連中が来日する際に、就業ビザなどの手配をする。第二には、荷物の輸送だ。麻薬の取引で一番苦労するのが、国内への持ち込みだ。もし、外交貨物に紛れ込ませることができたなら、持ち込みはおおいに楽になる」

「殺された若尾は、カルテルのためにそういう仕事をして、報酬をもらっていたと……」

「外務省の職員が、コロンビアネクタイだろう？　そうでもなきゃあり得ないだろう」

「そんな不祥事があったとしたら、外務省は必死に隠そうとするでしょうね」

「だから言っただろう。外務省のことなんて、知ったこっちゃないって。おっと、あんたといるとついしゃべり過ぎるな。捜査に進展があったら、すぐに教えてくれ、いいな」

矢島は、言い終わるとさっさと部屋を出て行った。

竜崎は、判押しを続けながら、今の矢島の話をもう一度検討していた。

野間崎の声が聞こえた。

「だいじょうぶなんですか？」

「何が？」

「麻取りなんでしょう？　後々面倒なことになりませんか？」

「あれが、彼の手なんだよ」

「彼の手……？」

「いつもうるさく言ってくるが、実はこちらからの情報に期待しているんだ。だから、何度も電話をかけてきたり、足を運んできたりする」

「結局は、署長の言葉に耳を貸しましたね」

「それもいつものことだ」

「本当に、誰とでも、判を押しながら話をなさるのですね」

野間崎があきれたように言った。

竜崎は、顔を上げた。野間崎が驚いた顔で言った。

「すいません。余計なことを言いました」

「いや、そうじゃない。矢島の話の内容を思い返していて、ちょっと思いついたことがある……」

「何です？」

竜崎は、その問いにはこたえずに言った。

「柿本交通部長と連絡を取りたい。たぶん、本庁にいると思う。電話してくれ」

野間崎は、一瞬ひるんだような顔になった。

「交通部長ですか？」

部長と聞いて臆《おく》したのだろう。

「大森署の竜崎と言えば、誰も文句は言わないはずだ」

「はあ……」

野間崎は電話に手を伸ばした。二、三のやり取りの後に、野間崎が言った。

「交通部長本人が出ておられます」

竜崎は電話に出ると、いきなり言った。

「八田道夫がブラジル大使館に赴任していたのと同じ時期に、在コロンビア日本大使館にいた警察官の名前が知りたいのです。在外公館警備対策官や一等書記官として赴任していた警察官がいたはずです。そして、その人物が今、何をやっているか……」

在外公館警備対策官は、大使館や領事館などの警備に関する仕事をする。自衛官、海上保安官、入国警備官、公安調査官などが外務省に出向する形で任命されるが、もちろん警察官も任命される。

また、キャリアの修業先として一等書記官の任務がある。

「なぜそんなことをお知りになりたいんです？」

「事件の背後に何があるのか、わかってきたような気がするんです」

「どうして、私がそれを調べなければならないのですか？」

少々不満そうだ。部長がやることではないと言いたいのだ。

「あなたに直接調べろと言っているわけではありません。部長権限での調べが必要だということとです。キャリアが大使館に赴任するケースが多い。帰国後の人事に関しては、下の者では手に余ることもあるかもしれません」

「事件の背後にあるものとは何です？」

「まだはっきりしたことは言えません」

「いいでしょう。あなたに指揮を任せたのだから言うとおりにしましょう」

「お願いします」

竜崎は電話を切った。判押しを中断して、頭の中を整理しようとしていた。矢島の話がきっかけで、事件全体の構図が見えてきたような気がする。

矢島は推論を言ったに過ぎない。だが、それはきわめて蓋然性《がいぜんせい》が高い推論だと、竜崎は判断した。

矢島が言ったとおり、若尾がカルテルを裏切りでもしない限り、日本国内であんな殺され方をするはずはない。

問題は、どんな裏切りをしたか、だ……。

「署長……」

野間崎の声で思考が中断した。

「どうした？」

「ひき逃げの当該車両が確認されました。隆東会の息のかかった自動車修理工場で、板金、塗装及び、車体番号を削り取って書き直した等の細工をしたことがわかりました。部品にばらして、ロシアに持ち出される手筈《てはず》になっていたということです。売り払うつもりだったのだろうと、捜査本部では言っています」

捜査員たちは、着々と捜査を進めているということだ。

「天木兼一の所在についての情報は？」

「まだないようです」

「当該車両が、天木兼一か隆東会と関係があることがわかったら、組事務所への家宅捜索及び押収《おうしゅう》令状を取る。ひき逃げの捜査本部に用意をするように言ってくれ」

「わかりました」

野間崎は、意外なほど素直に指示に従っている。彼は、間違いなく竜崎に反感を抱いていたはずだ。

そういう人物に対処するには何通りかの方法がある。まずは、無視すること。だが、彼が方面本部にいて、竜崎がその管轄内の所轄署にいる限り、無視はできない。

もう一つの方法は、できるだけ近くに置いて理解してくれるのを待つことだ。反感が誤解から生じているものなら、それで解決することもある。

咄嗟《とっさ》に野間崎を指名したというのは、本当のことだ。自分でもその理由はわからなかったのだが、もしかしたら、彼に理解を求めたいという気持ちがあったのかもしれないと思った。

時計を見た。まだ午前十一時過ぎだ。日の入りまで家宅捜索は可能だ。まだ時間はある。今日中に踏み込めるかもしれない。家宅捜索をするときには、矢島に知らせないわけにはいかないだろう。麻取りが合同で家宅捜索をやりたいと言ってきたら、検事や捜査員たちにそれを知らせなければならないだろう。

押収した物品や引っぱって来た身柄について、麻取りが何か要求してきたら、検事に考えてもらえばいい。ひき逃げについての捜査が充分にできれば、それでいい。竜崎はそう判断した。

昼食は店屋物《てんや》を取ることにした。野間崎や連絡係の二人にもそうするように言った。

店屋物なら席を離れずに済む。警務課の係員が四人の注文を取って署長室を出ていったとき、竜崎の机の電話が鳴った。

斎藤警務課長が、「柿本交通部長です」と告げた。

「竜崎です」

「八田道夫が在ブラジル日本大使館に勤務していたのは、今から三年前までの四年間で、その時期に在コロンビア日本大使館に赴任していた警備対策官は自衛官でした」

「警察官はいなかったのですか？」

「一等書記官としてキャリアが赴任していました」

なんだ、それを先に言ってくれ。もったいぶっているのか、それとも赴任していた警察官が一人だけだったことをはっきりさせたかったのか……。後者だと思いたい。

竜崎はそんなことを考えていた。

柿本の声が続いた。

「氏名は、折口秀彦《おりぐちひでひこ》。年齢四十歳。八田道夫と同じく三年前に異動になって帰国しています」

「どんな字を書きます？」

「折り紙の折りに口、優秀の秀に彦です」

「現在はどこに……？」

「警察庁警備局警備企画課の理事官です。警備企画課には理事官が二人いますが、折口秀彦は第二理事官です。いわゆる裏理事官ですね」

警察庁の警備企画課は公安の司令塔だ。全国の公安情報が集約される。そこの理事官は、総合情報分析室、通称ゼロを統括している。ここで行われる一年間の研修に選ばれることは、全国の公安捜査員にとって最高の名誉とされている。ゼロを統括する理事官は、研修経験者から「校長」と呼ばれている。

つまり、警備企画課の第二理事官は、組織の上でも、また人脈の上でも全国の公安に大きな影響力を持っているのだ。

「わかりました。ありがとうございます」

竜崎はそれだけ言った。

「これだけでよろしいのですか？」

「充分です」

「どうして、折口理事官のことなどお調べになりたかったのですか？　私にはさっぱりわからないのですが……」

「はっきりしたことがわかり次第、報告します。まずは、天木兼一の身柄を押さえることを最優先にしてください。隆東会への家宅捜索の手配と準備もよろしくお願いします」

一瞬の間の後に、柿本はこたえた。

「わかりました。では、失礼します」

電話が切れた。受話器を置いた竜崎は、自分でメモした紙を見つめていた。「警備企画課　折口秀彦」と書かれている。

あらゆる断片が、自然と収まるべきところに収まっていき、一つの構図が見えはじめた気がした。

もし、竜崎が考えているとおりのことが起きたのだとしたら、公安が首を突っこみたがるのもわかる。また、警視庁の公安部長が事情を知らないというのも、まんざら嘘《うそ》ではないかもしれない。

竜崎は、外務省の内山に電話をした。またしても居留守を使われた。

「内山さんが電話に出てくださるまで、十分置きにかけ続けますよ」

相手は、そのことを覚えているようだった。

「お待ちください」

三分ほど、たっぷりと待たされた後、内山の声が聞こえてきた。

「捜査が進展したのですか？」

「ええ、まあ、そうとも言えます」

「何がわかったのです？」

「警察庁に折口秀彦という人物がいます。この名前をご存じですね？」

内山が絶句した。

23

内山が言葉に詰まったのは、ごく短い間だった。だが、その沈黙の意味は明らかだった。竜崎は、相手が話しだすのを待っていた。

内山の声が聞こえてくる。

「そのことは、警察内部ではすでに公表されているのですか？」

竜崎は尋ねた。

「そのことというのは、何です？」

「そちらから電話をかけてきて、シラを切るのはやめてください。アンダーカバーの件です」

アンダーカバー、つまり、潜入捜査や囮《おとり》捜査を意味する。

やはりな、と竜崎は思った。

「殺害された若尾さんと八田さんが、アンダーカバーをやっていたということですね？」

内山は、失敗に気づいて、少しうろたえたような声になった。

「これ以上のことは、言えません」

竜崎にとっては、それで充分だった。

「けっこうです。情報提供を感謝します」

「待ってください、あなたは、まだ私の質問にこたえていません」

「質問？」

「その件は、警察内部に公表されているのですか？」

こたえは、すでに明らかなはずだ。それでも、内山としては確認せずにはいられないのだろう。自分の失策を認めたくないのかもしれない。

「いえ、公表はされていません」

「でも、あなたは気づいていたのですね？」

「理論的に考えれば、そういう結論に達するとは思っていました」

「私は、あなたの計略にまんまとひっかかったというわけですか？」

「計略？　私はただ質問をしただけです。警察庁の折口は、八田さんが在ブラジル大使館に赴任しているのと同時期に在コロンビア日本大使館に、一等書記官として赴任していましたから……」

「あなたは、決して敵に回したくない方だ」

「同じ公務員です。敵になるなどと考えるほうがおかしい」

「私は、公務員のまわりは敵だらけだと思っていました」

「ならば、その考えを改めることです」

「警察は、この問題をどう処理するおつもりですか？」

「私は、殺人事件とひき逃げ事件の捜査をするだけです。その過程で明らかにすべきことがあれば、明らかにしていく。それだけのことです」

「実に明快ですね。そういうあなたが、つくづくうらやましくなってくる。これは、皮肉でも何でもありません。本音なんです」

「別にうらやましがることはありません」

「申し訳ないが、私が協力できるのは、ここまでです。捜査がうまくいくことを祈っています。では、失礼します」

電話が切れた。

竜崎は、すぐに伊丹の携帯電話にかけた。

「どうした？」

伊丹は、電話に出るなりそう言った。

「警察庁からは、何か聞き出せたか？」

「なかなかガードが固くてな……」

「誰と話をしているんだ？」

「馴染《なじ》みの刑事局のやつから話を通してもらっている」

「どうして直接警備局に乗り込まないんだ？」

「段取りってもんがあるんだよ。いきなり、警視庁の刑事部の者が警備局と話はつけられない」

「どうしてそういう無駄なことを考えるんだ？」

「無駄じゃない。公安部長の顔も立てなければならないし、警察庁の刑事局の顔も立てなければならない。おまえだって、長年警察で仕事をしているんだから、それくらいのことはわかるだろう」

「わからない。無駄は無駄だ」

「みんながみんな、おまえみたいだったら、実にやりやすいだろうな」

「そうなるべきだ」

「残念だが、なかなかそうはならない」

「ぐずぐずしている暇はないんだ。警備局警備企画課に、折口秀彦という男がいる。第二理事官だ。その人に会いに行ってみろ」

「折口理事官なら、顔くらいは知っている。彼が事件に関して何か知っているということか？」

「本人に訊《き》けばわかる」

「簡単に言うな。警備局警備企画課の第二理事官といえば、ゼロの校長だぞ。おいそれと会ってくれるとは思えない」

「会わないというのなら、令状を持って行けばいい」

「無茶言うなよ」

「無茶じゃない。任意の捜査に応じてくれないなら、強制捜査するというのは、警察官の常識だろう」

「いったい、どこから折口理事官の名前が出て来たんだ？」

竜崎は、簡潔に説明した。話を聞き終わると、伊丹は言った。

「八田が在ブラジル日本大使館にいたのと同時期に、在コロンビア日本大使館にいたというだけじゃあな……」

「外務省の内山に、折口秀彦の名前を言ったら、とたんに声の調子が変わった。彼は、折口秀彦が、アンダーカバーに関与していたと洩《も》らした」

伊丹が沈黙した。今の竜崎の言葉を、これまでの経緯に照らし合わせているのだろう。彼にも事情が理解できたはずだ。

しばらくして、伊丹が言った。

「わかった。折口理事官に会ってみよう」

「殺人の動機が明らかになれば、捜査も進捗《しんちょく》する」

「おまえも、いっしょに会うんだ」

「何だって？」

「俺がなんとか、会う段取りをつける。だから、おまえも来るんだよ」

「子供じゃないんだ。一人で会いに行けばいいだろう」

「おまえのほうが、事情に通じている。折口理事官のことを探り出したのも、おまえだ」

「事情は、すでにおまえにもわかっているはずだ」

「いいから、いっしょに会いに行くんだ。おまえの助け船が必要になるかもしれない」

竜崎は、少しの間考えてからこたえた。

「しょうがない。予定が決まったら連絡をくれ」

「わかった」

竜崎は、電話を切った。野間崎や二人の連絡係が、奇妙な顔で自分を見ているのに気づいた。連絡係たちは青ざめてさえいた。

「何だ？」

竜崎は、三人に尋ねた。野間崎がこたえた。

「いえ……。今電話で話されていたようなことを、自分らが聞いていいものかと思いまして」

「いいに決まってるだろう。捜査の過程でわかったことだ」

「できれば、聞きたくないという気もしますが……」

「ならば、聞かなかったことにすればいい。私は別に隠す必要はないと思っている」

「それにしても、いつも、驚いてしまいます」

「何がだ？」

「今話をされていたのは、刑事部長ですよね？」

「そうだが、それがどうした？」

「いえ、いいんです……」

野間崎は、眼をそらした。二人の連絡係も同様だった。変なやつらだと思った。

それからしばらくして、連絡係の電話が鳴った。ひき逃げの捜査本部の土門交通捜査課長からだった。電話の内容を、野間崎が報告してくれた。

「隆東会への家宅捜索ならびに押収《おうしゅう》令状が下りたそうです。十四時に、執行とのことです」

竜崎は時計を見た。昼の十二時を少し過ぎたところだ。

「わかった」

野間崎にそう言ってから、すぐに、麻薬取締部の矢島に電話した。

「はい、矢島」

「竜崎です」

「おう、署長か。あんたから電話とは珍しいな」

「本日十四時に、隆東会への家宅捜索を実施します。それをお知らせしておこうと思いまして」

「待てよ。ガサ入れは、俺たちと合同でやるという話じゃなかったか？」

「それは、あなたの誤解です」

「誤解だって？」

「私は、そちら次第だと言っただけです」

「俺たちも人数をそろえて行く。合同でいいな？」

「前にも言いました。検察官の判断次第ですね。厚労省と法務省で話し合えばいい」

「そんなことしていたら、十四時に間に合わないじゃないか。あんたが、今判断しろ」

竜崎は、少しだけ考えた。そして、決断した。

「いいでしょう。麻取りにも家宅捜索に参加してもらいます。捜査本部では、十四時ちょうどに執行すると言っています。時間に遅れないでください」

「わかってるよ」

電話が切れた。

野間崎が不安げに尋ねてきた。

「いいんですか？」

「何のことだ？」

「ガサ入れに、麻取りを参加させるなんて……」

「あちらにも捜査権はある。令状を申請した者が執行すれば問題はない」

「はあ……」

野間崎は、その件に関してはそれ以上何も言わなかった。もともと、同じ事案を別々に捜査すること自体、不自然なのだ。協力できる部分は協力しあうべきだ。それに何の問題があるだろう。

ひき逃げの捜査に関しては、隆東会への家宅捜索が一つの山になるだろうと、竜崎は判断していた。天木兼一を指名手配した。身柄確保も時間の問題だ。

進むべき方向をしっかり示してやれば、捜査本部は充分に機能するはずだ。あとは、現場に任せればいい。

携帯電話が振動した。伊丹からだった。

「折口理事官の件だが、なんとか約束を取り付けた。十五時から、十五分だけ会ってくれるそうだ」

「十四時から隆東会への家宅捜索がある。おまえも聞いているだろう。十五時といえば、捜索の真っ最中だ」

「交通部と捜査本部に任せておけ。俺たちは俺たちにしかできないことをやる」

伊丹にしては、まっとうなことを言うと思ったが、口には出さないでおいた。

「わかった。十五時だな」

「どこかで待ち合わせるか？」

「必要ない。お互い、警察庁の中はよく知っているだろう。現地で会おう」

「了解した」

伊丹の声は緊張していた。緊張しても始まらない。竜崎はそう思った。知るべきことを質問するだけだ。竜崎は、淡々と判押しを続けた。

約束の時刻の五分前に、警察庁警備局にやってきた。かつて働いていた庁舎だが、別になつかしいとも思わなかった。竜崎にとって、庁舎は仕事をするための器でしかない。

当然、職員の多くを知っているが、声をかける必要もない。会釈《えしやく》してくる者は何人かいたが、親しげに声をかけてくる者はいない。竜崎はそれもまったく気にしていなかった。

来意を告げると、小会議室に通された。案内すると言われたが、必要ないと断った。

すでに、伊丹が来ていた。やはり緊張している様子だ。

「まず、おまえが質問してくれ」

伊丹に言われて、竜崎はこたえた。

「おまえの仕事だろう。俺は、助け船を出すだけじゃなかったのか？」

「外務省の内山と直接話したのはおまえだ。俺は、そのときのニュアンスを知らない」

「ニュアンスなんて関係ない。事実関係を質問すればいいんだ」

そこに、誰かがやってきた。年齢は、竜崎たちより若い。髪は黒々としていて、いかにも精力的な感じがする。

「お待たせしました。折口です」

伊丹は面識があると言っていたが、竜崎は初対面だった。

伊丹が言った。

「お時間を取っていただいて恐縮です」

竜崎は何も言わなかった。別に恐縮することはない。質問する必要があるから来ただけだ。階級や立場を考えても、伊丹がぺこぺこする必要はない。

相手は、警察庁の理事官だ。警視庁の部長と対等と考えていい。階級はおそらく、伊丹や竜崎と同じ警視長だろう。

折口は、竜崎に向かって言った。

「お噂《うわさ》はうかがっております」

「何の噂です？」

「警察庁から今の職場に移られた経緯です」

「単なる降格人事ですよ」

「いや、そうじゃないと聞いています」

ほほえんだが、眼差《まなざ》しは鋭い。きわめて野心が強いタイプだと感じた。竜崎は言った。

「十五分しか時間がないということですね？　ならば、すぐに本題に入りたいのですが……」

「まあ、おかけください。どういう用件かは、想像がつきます」

竜崎と伊丹は並んで腰を下ろした。折口は向かい側に座った。伊丹が言った。

「それなら話が早い」

折口は、伊丹と竜崎を交互に見ながら言った。

「私が、在コロンビア日本大使館にいたときに、何があったか。それを、お知りになりたいのでしょう？」

伊丹が言う。

「話していただけますか？」

「わざわざ私に会いにいらしたのですからね。話さないわけにはいかないでしょう。

あれは、私が日本に戻る一ヵ月ほど前のことでした。同じ一等書記官の一人から相談を受けました。麻薬カルテルの幹部と接触を持った。いろいろと便宜を図ってほしいと言われているが、どうしたらいいだろう、と……」

伊丹が尋ねた。

「あなたに相談したのは、ひき逃げにあった八田道夫さんですね？」

折口は、あっさりと認めた。

「そうです。彼は、当時在ブラジルの日本大使館にいましたが、特命を受けてコロンビアに頻繁に出張してきていたのです。そして、カルテルの幹部と接触を持った……。それが、どういうことかおわかりになりますか？　つまり、飲食の接待を受けるだけでなく、時には女をあてがわれたりもするということです。カルテルの力は、現地の政府や警察にも及んでいます。気がついたときには、足抜けができないような状態に追い込まれたりもします」

「それで、あなたは、その問題にどう対処されたのですか？」

「現状を維持してください。そう言いました」

「何かの思惑があって……？」

「へたに拒否すると、命が危ないと思ったからですよ」

「それだけではないはずです」

「コロンビアでの出来事は、それだけです」

伊丹がちらりと竜崎を見た。竜崎は言った。

「あなたは、カルテルに対する潜入捜査、あるいは囮《おとり》捜査に関わっているはずです」

「それは、私が帰国してからのことで、高度な機密に属することです」

「つまり、こういうことですね？」

竜崎は言った。「あなたは、八田さんから相談を受けた。おそらく、八田さんはカルテルなどとはきっぱりと手を切りたいと考えていたのでしょう。しかし、あなたはそれを、またとないチャンスと考えた。そして、アンダーカバーの計画を練ったのです。これは、私の想像ですが、あなたは、現地から警察庁の警備局と外務省の国際情報官室に連絡を取ったのでしょう。だから、八田さんといっしょに帰国が決まったのです。そして、あなたが警備局警備企画課に異動になることは、その時点で決定されたことだった……」

折口の表情は変わらない。

「私を今の部署に引っぱってくれたのは、警備局長です。私には、警備局長の意図まではわかりかねますね」

「アンダーカバーの計画は、帰国して警備企画課にやってきてから本格的に実行に移されたということですね。つまり、八田さんのコネクションを利用して、中南米局南米課の若尾さんを、囮捜査官に仕立てたのですね？」

「そのとおりです。人選は外務省が担当しました」

折口は、そこまで言ってから、ふと怪訝《けげん》な顔になった。「しかし、それは先ほども言ったとおり、高度な機密に属する事柄です。あなたは、どこでその情報を入手したのですか？」

「理論の必然的な帰結です。若尾さんは、裏切り者の見せしめを意味する手口で殺害されました。彼が、コロンビアのカルテルを何らかの形で裏切ったということです。その事案を、なぜか最初の段階から公安が牛耳ろうとしていました。そして、同時期に八田さんが、殺害された……」

折口は黙って竜崎の話を聞いている。

「八田さんを殺害した実行犯は、隆東会という指定団体の幹部です。隆東会が、コロンビアのカルテルと取引しようとしていた可能性があると、厚労省の麻薬取締部の捜査員が言っていました。そして、調べてみたら、殺害された八田さんがコロンビアに出入りしているのと同時期に、公安の元締めともいえる警備企画課の理事官であるあなたがコロンビアの日本大使館に赴任していた……。これだけの材料がそろえば、若尾さんがカルテルに対してどういう裏切りを働いたのかは明らかでしょう」

折口は、一つ溜《た》め息をついた。

「そうした情報が、一所《ひとところ》に集まらないように、警視庁の公安部や外務省の国際情報官室が、がんばっていたはずなんですがね……。情報を寸断させておけば、そのような結論に達するのは不可能だったはずなんです」

「ここにいる刑事部長の思いつきのおかげで、私のところに情報が集約される結果になったのです」

伊丹は、咳払《せきばら》いした。「思いつき」という言葉が気に入らなかったのかもしれない。あるいは、単に発言をしたいという意思表示だったのか……。彼は、折口に言った。

「今、竜崎が言ったことを認めるのですね？」

「認めますよ。機密事項ではあるが、事実ですから……」

竜崎は言った。

「認めるが、公表はさせないという意味ですね？」

「もちろん、そうです。機密扱いにするには、それなりの理由があるのですよ」

「どんな理由ですか？」

「第二第三の若尾を出さないためにです。アンダーカバーは、この一件だけじゃありません。日本全国そして国外で、何人もの潜入捜査官が命懸けの捜査を続けている。

この件が明るみに出ることで、他の潜入捜査官や囮捜査官の身に危険が及ぶかもしれないのです」

「それは理由になりません」

「なぜです？」

「潜入捜査をされるような組織の連中は、すでに潜入捜査のことをよく知っているからです。知らないのは、犯罪組織とは何の関係もない一般市民でしょう。だから、公表したところで、たいした影響はありません」

折口は、目を瞬《しばたた》いた。

「……しかし、だからといって、敢《あ》えて潜入捜査官たちを危険にさらすようなことはできません」

「大切なのは、そういう捜査方法があることを、秘匿《ひとく》することではなく、潜入捜査員を救済するための方策を確保しておくことでしょう」

「過去に潜入捜査や囮捜査が違法だという最高裁の判決があるのです」

「最高裁の判決は尊重すべきです。しかし、我々警察官は法律家と違って、日々変化していく犯罪に対処しなければならないのです」

「アンダーカバーを公表などしたら、左翼系のジャーナリズムなどが何を言い出すかわからない」

「私も立場が違えば、批判するかもしれません」

「何ですって？」

「一般市民にとって、どこに捜査員が潜んでいるかわからないような世の中は、耐え難いほど不安なはずです。旧ソ連のように……。だから、私が一般市民だったら声を上げて批判するでしょう。しかし、私は警察官です。国家の治安と安全保障のために必要なら潜入捜査もやるべきだと思っています。それをひた隠しにする体質に、危険が潜んでいると思います」

「いつの時代でも、どんな組織にも機密は存在するのです」

「野心のために暴走したことを認めるべきです」

伊丹がはっと自分のほうを見るのを、竜崎は感じ取った。折口は口を真一文字に結んだ。顔色がやや青ざめる。

竜崎は、これ以上はもう言うべきことはないと思っていた。やがて、折口が言った。

「約束の十五分が過ぎました」

竜崎は立ち上がった。伊丹も慌《あわ》てた様子で腰を浮かせた。折口が部屋を出て行った。

伊丹が大きく息を吐いて、再び椅子《いす》に腰を下ろした。

「おまえ、よくあんなことが言えたな……」

「あんなこと？」

「野心のために暴走した、だなんて……」

竜崎は、出入り口に向かった。

「それが、この事案の本質だ。言っておかなければならなかった」

24

夕刻、隆東会に家宅捜索に行っていた捜査員たちが引きあげて来たという知らせが入った。家宅捜索は日の出から日没までしかできない。十一月九日、日没の時間は午後四時三十九分だった。

警察庁での別れ際《ぎわ》に、伊丹が竜崎に尋ねた。

「アンダーカバーのこと、どう扱うべきかな……」

「おまえに任せる。刑事部長なんだから、おまえが判断すればいい」

竜崎はそうこたえた。おそらく、伊丹は公表しないだろうと思った。それはそれで構わない。竜崎にとって重要なのは、事件の背景を明らかにすることだった。

午後五時半頃、麻取りの矢島から電話があった。

「ガサに便乗してはみたが、こっちにとっておいしいものはあまりなかったな……」

「そんな苦情を、私に言われても困ります」

「苦情じゃない。いちおう、報告したつもりだがな……」

「ならば、こちらからも報告しましょう」

「何だ？」

「殺された外務省の若尾は、カルテルに対するアンダーカバーだったそうです」

「本当か……」

「八田が手引きしたというあなたの推論は、当たらずとも遠からずでした」

「詳しく話してくれ」

「いや、言えるのはここまでです」

「まったく、警察の秘密主義には参るよな」

「それはお互いさまでしょう」

ふっと息を吐く音が聞こえた。笑ったのかもしれない。竜崎もかすかにほほえんでいた。


天木兼一の身柄確保の知らせがあったのは、翌日の夜明けのことだった。家宅捜索のときに組員から入手した情報をもとに、行方を追っていた。

所在の確認ができたのが、午前三時頃だった。夜明けと同時に潜入先に捜査員が踏み込み、身柄確保した。天木が潜んでいたのは、隆東会が保有しているマンションの一つで、場所は熱海だった。

天木兼一は、取り調べに対してずっと口を閉ざしているということだった。意地もあるのだろうが、カルテルを恐れているのだろう。

竜崎は、野間崎に言った。

「取り調べの担当官に、こう伝えるように言ってくれ。カルテルの殺し屋が殺害した若尾は、潜入捜査官だった。潜入捜査のきっかけを作ったのは、天木が殺害した八田だった」

「そんなことを言ってしまって、いいんですか？」

「ただし、取調室以外では口外するなと言っておけ。さらに、天木にこう脅しをかけるんだ。警察にも意地があるから、しゃべるなら今のうちだ。警察を敵に回すと、今よりずっと面倒なことになる。娑婆《しゃば》に放り出してカルテルの餌食《えじき》にする、と」

「わかりました」

結局徹夜になってしまった。せめて、朝食をゆっくり食いたいと思ったが、席を外す気になれなかった。

八時を過ぎて斎藤警務課長が姿を見せた。いつもなら、山のようなファイルを抱えた係員とともにやってくるのだが、今日は一人だった。

「おはようございます」

「ファイルはどうした？」

「今日は土曜日ですよ」

そうか。署に詰めていると曜日の感覚がなくなる。判押しもしなくていいとなると、けっこう退屈するものだ。そんなことを思って午前中を過ごした。

もうじき昼になろうという頃、野間崎の大声が聞こえた。

「天木が落ちたそうです。犯行を自供し、コロンビア人の殺し屋の名前も歌ったそうです」

竜崎は、あくびをかみ殺しながら言う。

「その情報をそっくり、大井署の捜査本部に送ってくれ。あとは、彼らがやってくれる」

立ち上がり、伸びをした。野間崎が、大井署の捜査本部と連絡を取り終えるとすぐに、竜崎の携帯に伊丹から電話があった。

「何だ？」

「さすがだな。実行犯、ホルヘ・アルベイロ・マリン・ゴンザレスを特定するとは……。この名前は、公安が握っていた情報の中にもあった。確認が取れたよ」

疲労感が募り、急に何もかもが面倒臭くなってきた。

「ひき逃げ犯の天木がしゃべっただけだ。あとはおまえに任せる」

伊丹は声を落とした。

「不思議なことに、急に公安の圧力がなくなったんだ」

「不思議でも何でもない。俺たちが折口理事官とちゃんと話をしたからだろう」

「どうやら、ホルヘ・ゴンザレスは、すでに国外に逃亡しているようだ。インターポールに赤手配することにした」

赤手配は、英語ではレッドノーティス。国際逮捕手配書を意味する。

「いちいち、俺にそんなことを知らせてくれなくてもいい」

「おまえが、両方の捜査本部を仕切っているんじゃないか」

「二つの事案の背後関係を明らかにした段階で、俺の役割は終わった」

「まあいい。また連絡する」

「連絡しなくていい」

竜崎は電話を切った。

野間崎がまた、ぽかんとした顔で竜崎を見ていた。竜崎は、野間崎と二人の連絡係に言った。

「仕事は終わった。帰って休むんだな」

25

野間崎と二人の連絡係が、撤収作業を終えて部屋を出て行くのを見届けた。徹夜がこたえていた。

竜崎も帰宅しようと仕度しているところに、斎藤警務課長がやってきた。

「何だ？」

「関本刑事課長から連絡です。放火犯を特定して、今所在を確認したところだそうです」

どうして、物事はこう重なるのだろう。

竜崎は、そんなことを思った。なかなか、休ませてもらえない。寝不足と疲労のせいで、うんざりした気分になった。

「もうじき捕り物ということか？」

「はい」

「じゃあ、身柄確保の知らせを待つとするか……」

竜崎は、再び署長席に腰を下ろした。

なかなか、知らせはやってこなかった。疲れ果てており、一刻も早く自宅に帰ってベッドに潜り込みたかった。

頭は重いし、目はしょぼしょぼする。もう若くはないと実感する。だが、ここで弱音を吐くわけにはいかない。

こんなところで参ってたまるか。竜崎は自分自身を叱咤《しった》していた。もう少しだ。もう少しで、何もかもが解決する。

結局、被疑者確保の知らせが来たのは、斎藤警務課長の報告から一時間も経《た》ってからのことだった。

それからさらに三十分経って、ようやく関本刑事課長が、報告にやってきた。

放火犯は、無職の三十五歳の男だった。一年前に仕事を失い、精神的に追い詰められていた。火を付けると、そのときだけ、気分が高揚したと供述しているという。

型どおりの報告を聞き終わってから、竜崎は言った。

「ご苦労だった。捜査員たちをねぎらってやってくれ」

「恐れ入ります」

「ところで、本庁の特命班と戸高はどうだったんだ？」

「それが……」

関本課長は、眉《まゆ》をひそめた。

「何だ、やっぱり最後までうまくいかなかったのか？」

「いえ、妙なことに、すっかり意気投合してしまいましてね。特命班の連中が戸高に、早く本庁に来い、と言えば、戸高は彼らに、早く所轄《しょかつ》に下りて来い、なんて言い返す始末でして……」

「結果よければ、すべてよしだな」

「はい」

充分に予想できたことだ。戸高は癖があるが、間違いなく優秀な捜査員だ。プロはプロを認めるものだ。

「さて、私は引きあげることにする」

「徹夜だったそうですね？　お疲れ様でした」

関本が部屋を出て行った。

今度こそ、何があっても帰宅する。そう思いながら、竜崎は席を立った。電話が鳴らないように祈っていた。

こういうときの公用車は本当にありがたい。ボロ布になったような気分で自宅に着いた。玄関に入ると、何やらリビングルームが賑《にぎ》やかだった。

竜崎の自宅はたいていいつも静かだ。何事だろうと思いながらリビングルームに行くと、三村忠典がいた。もちろん美紀もいる。

竜崎は戸口に立ち尽くして言った。

「カザフスタンにいたんじゃなかったのか？」

忠典が立ち上がった。

「あ、ご無沙汰《ぶさた》しております」

美紀が説明した。

「私がちゃんと話をしにカザフスタンに行きたいと言ったら、忠典さんのほうで来てくれたのよ」

「昨日の便に飛び乗りまして……。今日着きました」

忠典は深々と頭を下げた。「ご心配をおかけしました。外務省にまで問い合わせていただいたそうで、まことに申し訳ありませんでした」

どういうことになっているのかよくわからないが、竜崎はすぐに眠りたかった。だが、彼らを放り出してベッドにもぐり込むわけにはいかないだろう。

「それで……」

竜崎は言った。「結婚でもするのか？」

美紀が目を丸くした。

「その反対よ」

「反対？」

「忠典さんが、日本に戻って来るまで、すべてのことはペンディングにすることにしたの。それがお互いのためだと思って……」

留保する、つまり、結論を先送りするということだ。そんなことをしても意味はないと思ったが、とても議論する気力がない。

竜崎は、妻の冴子に尋ねた。

「おまえはどう思うんだ？」

「美紀と忠典さんで決めたことだから、それでいいと思う」

竜崎はうなずいた。

「まあ、ゆっくりしていきなさい。私はちょっと失礼する」

寝室に向かった。着替えていると、冴子がやってきた。

「事件、片づいたんですか？」

「だから帰ってきたんだ。とりあえず、俺の役目は終わった」

「ご苦労さまでした」

「しばらく寝るぞ。もし忠典君がいっしょに夕飯を食べるというのなら起こしてくれ」

「ほっとしたんじゃない？」

「事件のことか？」

「美紀のことよ。まだ、当分お嫁には行きそうにないわね」

「別に俺は何とも思っていないがな」

「いざ娘が嫁ぐときになって、きっとうろたえるのよ」

竜崎は、ベッドにもぐり込んだ。冴子が寝室を出て行った。

うろたえるだって……。この俺が……。

そんなことを思っているうちに、眠りに落ちた。

26

東大井の殺人の実行犯、ホルヘ・アルベイロ・マリン・ゴンザレスが、アメリカとメキシコの国境近くの町で逮捕されたという知らせが、警察庁に届いたのは、インターポールに赤手配をしてから十日後のことだった。

それを最初に知らせてきたのは、警察の人間ではなく、外務省の内山だった。彼は、突然、大森署に訪ねてきたのだ。

竜崎は言った。

「わざわざおいでになることはありません。電話で充分ですよ」

「いえ、もう一度お会いしたかったのです。私は、今回、いろいろなことを学びました」

「学んだ……？」

「今回あなたから最初に連絡があったときに、外務省のためにとことん利用すべきだと思いました」

「私もあなたを警察のために利用しようとしましたよ」

内山はかぶりを振った。

「あなたとやり取りを続けるうちに、省庁間の駆け引きなどつまらぬことだと思うようになったのです」

「当然です。お互い、国のために働いているのです」

内山はほほえんだ。

「何の気負いもなく、そう言えるあなたがうらやましい」

「前にも言いました。うらやむ必要などないのです」

内山はうなずいた。

「その言葉、肝に銘じておきますよ」


ホルヘ・アルベイロ・マリン・ゴンザレス逮捕の知らせを受けて、警察庁の警備企画課長と外務省の報道課長が、異例の記者会見を開くというので、竜崎は署長室のテレビを横目で眺めていた。

警備企画課長が、東大井の殺人について説明をしていた。被害者は、警察庁と外務省の共同捜査事案について情報収集する立場にあったと発表した。

決して、潜入捜査、囮《おとり》捜査、アンダーカバーといったような言葉は使わなかった。

外務省の報道課長は、職員の不幸をたいへん遺憾に思うというようなことを言っただけだった。

微妙な発言だが、ほおかむりよりはずっとましか……。まあ、折口本人が記者会見をするはずもない。彼は、陰の理事官なのだ。

竜崎はそんなことを思い、今日も判押しをしていた。

その折口理事官から電話があったのは、夕刻のことだった。

「記者会見はご覧になりましたか？」

「見ました」

「さぞかし、歯がゆい思いをされたことでしょうね？」

「そんなことはありません。妥当な落としどころだと思います」

「本音ですか？」

「私は本音しか言いません」

「そうでしょうね。あなたは、やはり面白い方だ」

「別に面白くはないと思いますよ」

「あなただけです。私の悩みをずばり指摘してくださったのは……」

「自責の念に駆られていたということですね？」

「あなたは私の苦しみを理解してくださった。私の野心が八田さんと若尾さんを死なせる結果になってしまったのです」

「後悔しても二人は生き返りません。また、事実を隠蔽《いんぺい》したところで、何の解決にもなりません」

「おそらく、あなたのおっしゃるとおりなのだと思います」

「私たちは国家公務員です」

「ええ……」

「国家公務員は、国のために働いている。それはつまり、戦いの最前線にいるということです。戦いなのだから、時に犠牲者も出ます」

しばらく無言の間があった。

「勇気が出るお言葉です」

「同じ間違いを繰り返さないことです」

「やはり、あなたは一所轄《しょかつ》の長に甘んじているような方ではない。かつては、長官官房にいらしたそうですね？　どうです、警備企画課に来てもらえませんか？」

「それは私に決められることではないですね」

「あなたが望めば、そのような道も開けると思いますが……」

「公務員ですから、異動になれば、どこででも働きます」

「でしたら……」

「しかし、私は、今の仕事がけっこう気に入っています」

また、しばらく沈黙があった。

「そうですか。わかりました。所轄にあなたのような方がいてくださるのも心強い。またいつか、どこかでお会いしましょう」

電話が切れた。

何の用だったのだ。そんなことを思いながら、竜崎は受話器を置いた。

竜崎を警備企画課に引っぱりたいと言いたかったのだろうか。つまり、折口の軍門に下れということだ。

冗談ではない。

竜崎は思った。俺は大森署の署長だ。

一国一城の主《あるじ》なのだ。

解説

千街晶之

警察小説やTVの警察ドラマなどに親しんでいると、自然に覚えるのがキャリアとノンキャリアという言葉だ。キャリアとは、国家公務員総合職試験（かつては上級甲種試験、あるいはI種試験）に合格し、幹部候補生として中央省庁に採用された国家公務員を指し、それ以外の試験に合格して採用された公務員をノンキャリアと呼ぶ。キャリアとノンキャリアのあいだでは昇進のスピードに大きな格差があり、最終的に到達出来る役職・階級もノンキャリアには上限がある（警察官の場合、ノンキャリアはどんなに実力があっても警視長までが昇進の限界）。

昨今は警察小説の幅が拡がり、それにつれてTVドラマや映画などでも警察のさまざまな部署が舞台になっているとはいえ、やはり主人公に一番選ばれやすいのは強行犯担当の刑事だろう。その場合、キャリアの幹部は、現場の苦労に無理解だったり、誤った捜査方針を押しつけたり、警察組織の体面にこだわって不祥事の隠蔽《いんぺい》を図ったりする憎まれ役として描かれることが多い。

今野敏『隠蔽捜査』(二〇〇五年)の警察小説としての目新しさは、敵役《かたき》にされがちなキャリアを主人公にしたことにある。その名は竜崎伸也。初登場時の役職は警察庁長官官房総務課長、階級は警視長。仕事に一切の私情を交えず、国家のために滅私奉公の姿勢を貫き、理不尽な命令には異を唱え、決して原理原則を譲ろうとしないため、周囲の人間からは「変人」「唐変木《とうへんぼく》」と呼ばれたりもするが、彼は自分が変人だとは全く思っていない。不正や隠し事をせず、現状を理想に合わせようとするのは国家を担《にな》うエリートとして当然であり、むしろ他の官僚がそうしないことこそ彼には理解し難いのだ。

そんな竜崎が、警察官の犯罪を隠蔽しようとする周囲との対立と、息子の邦彦が薬物に手を出したという不祥事、この二つの窮地に挟み打ちされるのが『隠蔽捜査』の内容だ。組織人として、父親として、竜崎が全く迷わないわけではない。だが結局、彼は原理原則に立ち返り、周囲の反対を押し切って真実を明らかにする。その結果、彼は二つの出来事の波紋を最小限に食いとめることに成功するものの、息子の不祥事の責任をとって、警視庁大森署の署長へと異動することになる。警視長のままの降格という異例の人事だ。

シリーズ第二作『果断　隠蔽捜査2』（二〇〇七年）以降は、相変わらずの合理主義で大森署の改革を進めつつ、数々の窮地に直面しながら事件の捜査を指揮する竜崎の活躍が描かれるようになる。例えば第二作では、大森署管内で起きた立てこもり事件をめぐって竜崎が再び降格の危機を迎え、続く第三作『疑心　隠蔽捜査3』（二〇〇九年）では、堅物の竜崎が妻以外の女性に心惹《ひ》かれてしまうという意外な展開が用意されている。

このあと、シリーズの名脇役《わきやく》である警視庁刑事部長・伊丹俊太郎（竜崎の同期で幼《おさな》馴染《なじ》み）を主人公にすることで、竜崎の立場からは見えない伊丹の苦労人ぶりを描き出した短篇集『初陣《ういじん》　隠蔽捜査3.5』（二〇一〇年）を挟んで、長篇第四作として発表されたのが、本書『転迷　隠蔽捜査4』（《小説新潮》二〇一〇年六月号〜二〇一一年五月号連載、単行本は新潮社より二〇一一年九月刊）である。シリーズ既刊のタイトルで使われた言葉が、果断、疑心、初陣とわかりやすいのに対し、転迷とは馴染みのない言葉だが、仏教では迷いを転じて悟りを開くことを「転迷開悟」という（『疑心　隠蔽捜査3』で、竜崎が禅の公案をヒントにして迷いを吹き払ったことが思い出される）。思えばシリーズの今までの作品でも、竜崎は迷いを転じて正しい選択を摑《つか》み取ってきた。では本書における迷いとは何かといえば、常人離れした事務処理能力を持つ彼をもってしても捌《さば》ききれるかどうか危ういほどの事案やトラブルの集中豪雨である。

大森署管内でひき逃げ事件が発生した。どうやら、特定の被害者を狙《ねら》った殺人事件の可能性があるようだ。この件の指揮を執る本庁の交通捜査課は、大森署の強行犯係から捜査本部に人員を提供するよう要求してきたが、管内で起きている連続不審火の捜査で手一杯の強行犯係は、ひき逃げ事件の捜査への協力に不平を洩《も》らす。また、大森署の生活安全課が覚醒剤《かくせいざい》の売人を検挙したところ、その売人を泳がせて極秘で捜査をしていた厚生労働省の麻薬取締官・矢島が激怒してクレームをつけてきた。警察に捜査を妨害され、面子《メンツ》を潰《つぶ》されたと感じたのだ。更に、管轄《かんかつ》が異なる大井署管内で起きた外務官僚殺害事件について、刑事部長の伊丹から相談を受ける。この事件は、やがてひき逃げと関連があるらしいことがわかってくる。

竜崎を悩ます難題はこれらだけにとどまらない。カザフスタンで墜落した飛行機に、娘の美紀の交際相手・三村忠典が乗っていた可能性があるという衝撃的な報《しら》せが飛び込んできたのだ。美紀を安心させるため、竜崎は面識のある外務省の官僚・内山から確実な情報を得ようとしたが、内山は外務官僚殺害事件の捜査内容について探りを入れてくる。

これらの事案やトラブルが、ほぼ同時に竜崎のもとへと押し寄せてきたのである。

しかも、そのうちのひとつが解決したかと思えば、そこから別の厄介な難題が派生するありさまで、彼としては心身が休まる暇が全くない。

複数の事件の捜査を同時進行させるタイプの警察小説（モジュラー型警察小説と呼ばれる）そのものは、決して珍しい試みではない。代表例としては、エド・マクベインの「87分署シリーズ」、マイ・シューヴァル&ペール・ヴァールーの「主任警視マルティン・ベック・シリーズ」などが挙げられる。しかし、それらの作例が、幾人もの刑事がそれぞれ事件を追う群像劇であることが多いのに対し、本書ではすべての事案やトラブルの責任が竜崎ひとりに集中する。この混乱状態から、彼がいかにして「転迷開悟」に至るかが大きな読みどころとなっている。

官僚としての面子や縄張り意識などに囚《とら》われず、あくまでも合理的に行動し、他者にもそれを要求するため、竜崎は警察内部の人間のみならず、他省庁の人間とも衝突する。本書では、まず厚労省の矢島を激怒させてしまう（竜崎本人には相手を怒らせる気はないのだが）。外務省の内山は竜崎と敵対するわけではないものの、自分が知っている情報は後ろ手に隠しつつ、隙《すき》あらば警察の情報をかすめ取ろうとするあたり、矢島より遥《はる》かに手強《てごわ》い相手と言える。

そんな厄介な人々相手でも、竜崎は正論を貫き続ける。それは竜崎に迷いや悩みがないことを意味するわけではない。内心で判断に迷う場合があっても、そこから原理原則に立ち戻ることで、彼は常に正しい道を見出《みいだ》すことが出来るのだ。そして、そんな彼の姿勢に感化され、周囲の人間が変わってゆくのが本書の痛快さである（例えば、今まで竜崎を目の敵にしてきたある人物が、その堂々たる姿勢に接して彼を見る目が変わるあたりは、このシリーズを追ってきた読者としては感慨深い）。組織の体面や縄張り意識に目を曇らされていた人々が、竜崎の考えや姿勢に触れることで、官僚としてあるべき姿に目覚めてゆくのである。

ここで見逃してならないのは、竜崎の姿勢が周囲を良い方向へ変えるだけではなく、彼自身も周囲から良い影響を受けているという点だ。第二作で息子の邦彦から薦められたアニメ映画のＤＶＤを観《み》て感銘を受けるシーンからも窺《うかが》えるように、竜崎は決して感情のない木石《ぼくせき》のような人物ではなく、良いものは良いと認められる感受性の持ち主でもある。それが彼なりの合理主義と結びつくと、自らが改めるべき部分は改めるという意外な柔軟性に繋《つな》がる。第一作の頃、竜崎は部下といえども信用しないというスタンスで仕事に臨んでいた。異動が多い官僚に個人的なつきあいなど不必要なばかりか、場合によっては仕事の妨げになるという考えからだ。高級官僚としては、そのスタンスで良かったのかも知れない。だが警察官としては、やはりそれでは足りなかったのではないか。署長になった竜崎は、最初こそ副署長の貝沼が自分に敵意を抱いているると誤解するなど不要な猜疑心《さいぎしん》に惑わされていたものの、次第に部下を信頼することを覚えるようになった。戸高刑事のような、勤務態度に問題はあるが有能な捜査員の操縦法も体得したようだ。基本的な姿勢は変わらないようでいても、署長になってから警察官として練れてきたのが、シリーズを通読するとよくわかる。第二作で妻の冴子から署長は一国一城の主《あるじ》だと言われ、「そういうアナロジーは意味がない」とすげなく答えていた彼が、本書のラストのような心境に至ったことからもその変化が窺える。

また家庭においても、美紀に対して（彼なりの表現ではあるが）父親らしい思いやりを見せるのは、家庭のことを妻に任せきりにしていた当初の彼なら考えにくかったことだ。そんな彼の変化を受けて、第一作で父親への反撥《はんぱつ》から薬物に走った邦彦が、本書では「俺は、父さんの言ってることが理解できるよ」と発言するに至る。原理原則を譲らない主人公というと、まるでキャラクター造型に変化がないように思えてしまうけれども、実際にはこのシリーズが主人公を含む人々の成長を重視していることを看過してはなるまい。

本書はシリーズのファンにとって感慨深い内容となっていると同時に、独立した警察小説としても読み応《ごた》えがある作品に仕上がっている。本書で初めて「隠蔽捜査シリーズ」に触れた読者は、既刊を遡《さかのぼ》って、竜崎伸也という魅力的な主人公についてもっと知りたくなるに違いない。

（二〇一四年二月、ミステリ評論家）

この作品は二〇一一年九月新潮社より刊行された。

今野敏著

隠蔽捜査

吉川英治文学新人賞受賞

東大卒、警視長、竜崎伸也。ただのキャリアではない。彼は信じる正義のため、警察組織という迷宮に挑む。ミステリ史に輝く長篇。

今野敏著

果断
―隠蔽捜査2―

山本周五郎賞・日本推理作家協会賞受賞

本庁から大森署署長へと左遷されたキャリア、竜崎伸也。着任早々、彼は拳銃犯立てこもり事件に直面する。これが本物の警察小説だ！

今野敏著

疑心
―隠蔽捜査3―

来日するアメリカ大統領へのテロ計画が発覚！　羽田を含む第二方面警備本部を任された大森署署長竜崎伸也は、難局に立ち向かう。

今野敏著

初陣
―隠蔽捜査3.5―

警視庁刑事部長・伊丹俊太郎が頼りにするのは、幼なじみのキャリア・竜崎だった。超人気シリーズをさらに深く味わえる、傑作短篇集。

今野敏著

リオ
―警視庁強行犯係・樋口顕―

捜査本部は間違っている！　火曜日の連続殺人を捜査する樋口警部補。彼の直感がそう告げた。刑事たちの真実を描く本格警察小説。

今野敏著

朱夏
―警視庁強行犯係・樋口顕―

妻が失踪した。樋口警部補は、所轄の氏家とともに非公式の捜査を始める。鍛えられた男たちの眼に映った誘拐容疑者、だが彼は――。

今野敏著
ビート
―警視庁強行犯係・樋口顕―
島崎刑事の苦悩に樋口は気づいた。島崎は実の息子を殺人犯だと疑っているのだ。捜査官と家庭人の間で揺れる男たち。本格警察小説。

今野敏著
武打星
武打星＝アクションスター。ブルース・リーに憧れ、新たな武打星を目指して香港に渡った青年を描く、痛快エンタテインメント！

佐々木譲著
制服捜査
十三年前、夏祭の夜に起きてしまった少女失踪事件。新任の駐在警官は封印された禁忌に迫ってゆく――。絶賛を浴びた警察小説集。

佐々木譲著
警官の血（上・下）
初代・清二の断ち切られた志。二代・民雄を蝕み続けた任務。そして、三代・和也が拓く新たな道。ミステリ史に輝く、大河警察小説。

佐々木譲著
警官の条件
覚醒剤流通ルート解明を焦る若き警部・安城和也の犯した失策。追放された〝悪徳警官〟加賀谷、異例の復職。『警官の血』沸騰の続篇。

佐々木譲著
カウントダウン
この町を殺したのはお前だ！　青年市議と仲間たちは、二十年間支配を続けてきた市長に闘いを挑む。北海道に新たなヒーロー登場。

転《てん》迷《めい》

—隠蔽捜査4—

新潮文庫　こ－42－55

平成二十六年五月一日発行

著者　今《こん》野《の》敏《びん》

発行者　佐藤隆信

発行所　株式会社　新潮社

郵便番号　一六二―八七一一
東京都新宿区矢来町七一
電話　編集部(〇三)三二六六―五四四〇
　　　読者係(〇三)三二六六―五一一一
http://www.shinchosha.co.jp

価格はカバーに表示してあります。

乱丁・落丁本は、ご面倒ですが小社読者係宛ご送付ください。送料小社負担にてお取替えいたします。

印刷・大日本印刷株式会社　製本・憲専堂製本株式会社

ISBN978-4-10-132159-2 C0193